Piège pour Cécilia

Pacifique
Caverna Bay
Eurêka
vers
Sacramento
Euréka
CALIFORNIA
Sacramento
San Francisco
Los Angelès
ARIZONA
Phœnix
Mexique
Presqu'île de Californie

RENA McKAY

Piège pour Cécilia

Duo

Le temps d'un livre
Le temps d'un rêve

Originally published by SILHOUETTE BOOKS
a Simon & Schuster division of Gulf
& Western Corporation, New York

Traduction française de : Lily Valmée

31, rue de Tournon, 75006 Paris

1

Cécilia Christopher prit son vieux chapeau et, des deux mains, se l'enfonça jusqu'aux oreilles. Evitant l'eau débordant des gouttières, elle gagna l'abri du vieil auvent pour observer l'orage. La baie, d'habitude si calme, bouillonnait comme une énorme marmite.

Il n'y avait pas un bateau à l'horizon, pas une voiture dans la grand-rue. Seule, la bannière annonçant : « Bienvenue à Caverna Bay », claquait dans le vent. En ce lundi, les trois quarts des magasins étaient fermés, la plupart pour tout l'hiver. Leurs propriétaires avaient fui vers le soleil de l'Arizona ou du Mexique.

Ce n'était pas le cas de Cécilia. L'orage la faisait revivre. C'était l'époque de l'année qu'elle préférait, quand les touristes étaient partis et que les snobs avaient fermé leur maison pour regagner le sud du pays. Elle n'avait rien contre les touristes. Après tout, ils étaient son seul moyen d'existence. Mais sans eux, ce n'était pas mal non plus. Ce village de la Californie du Nord redevenait lui-même. Cécilia se sentait ici chez elle. Evidemment, pour les vieux du village, les quelques années qu'elle avait passées là représentaient bien peu de chose.

Cécilia inspira profondément l'air marin purifié par l'orage, puis frappa à la porte.

– Vous êtes là, madame Barrone? cria-t-elle.

Sans attendre la réponse, elle entrouvrit la porte.

– Je voulais aller danser, mais les escarpins que j'attendais de Paris ne sont pas arrivés, alors je suis restée, plaisanta Mme Barrone, assise près de son poêle.

Cécilia se réjouit de voir sa vieille amie d'aussi bonne humeur. Mme Barrone se plaignait rarement, mais son entrain résistait mal à ses douleurs continuelles.

Otant son chapeau, Cécilia libéra ses longs cheveux bruns qui tombèrent sur ses épaules. Puis elle retira le vilain ciré jaune sous lequel disparaissait sa silhouette élancée. Elle portait un jean et un pull framboise à larges côtes.

– De quoi avez-vous besoin, aujourd'hui? demanda-t-elle gaiement. (Elle feignit de ne pas voir l'album que Mme Barrone tenait en évidence sur ses genoux.) Avez-vous des courses à faire?

– Je ne crois pas, ma chère petite. J'ai mis le rôti au four. Peut-être pourriez-vous changer le lierre de place et le poser près de la fenêtre? Il a l'air bien fatigué, dit Mme Barrone, qui pensait à autre chose. Mais laissez cela pour le moment. J'ai de très bonnes nouvelles à vous annoncer.

– Oh! je parie que votre petit-fils a encore reçu un prix.

Cécilia n'avait pu retenir une pointe de sarcasme. Elle retira la fougère du bord de la fenêtre et la remplaça par le lierre. Mme Barrone adorait les plantes, mais sa petite maison était sombre et les fenêtres peu nombreuses. Il fallait laisser chaque plante profiter tour à tour de la lumière.

– Il va venir. (La voix de Mme Barrone tremblait d'excitation.) Trevor va venir!

Cécilia s'arrêta net.

– Comment le savez-vous? demanda-t-elle, incrédule.

Mme Barrone brandit une feuille de papier :

– J'ai reçu une lettre. Il m'annonce son arrivée.

Cécilia posa le lierre sur le rebord de la fenêtre, entre un coleus pourpre et une plante grasse.

– Pour quand? demanda Cécilia.

Les vrilles d'une plante suspendue accrochèrent ses cheveux au passage. Elle les détacha délicatement.

Mme Barrone relut la lettre.

– Je ne sais pas au juste. Dès qu'il pourra se libérer.

Cécilia ne put cacher son scepticisme. Mme Barrone s'en aperçut et lui lança un regard noir.

– Vous pensez qu'il ne viendra pas, c'est ça?

– Je suis sûre qu'il aimerait venir, répondit Cécilia sans conviction. Mais c'est un homme très occupé. Il a sûrement des tas de rendez-vous avec des producteurs, des metteurs en scène, des éditeurs, que sais-je encore.

« Sans parler de ses sorties avec des starlettes », se dit-elle avec mépris, pensant aux potins que Mme Barrone découpait dans les journaux à sensations de Hollywood.

Mme Barrone soupira.

– Vous ne l'aimez pas, n'est-ce pas? Voulez-vous lire sa lettre?

– Non, merci.

Cécilia s'assit sur le rebord du canapé, face au rocking-chair de Mme Barrone. La lettre de Trevor Barrone était certainement fascinante, tout comme ses romans. Il avait dû l'écrire, en pensant au jour où elle serait vendue aux enchères pour des sommes fabuleuses, comme document historique. Elle s'apprêtait à dire à Mme Barrone qu'elle ne pouvait pas aimer quelqu'un qu'elle n'avait jamais vu, mais elle préféra changer de conversation.

– Demain, j'irai me promener sur la plage. Après l'orage, il y aura des tas de choses intéressantes à ramasser. Larry m'a commandé quatre de mes sculptures mobiles pour un magasin de cadeaux du sud.

Mais Mme Barrone ne voulait pas se laisser distraire. Elle murmura :

– Bravo, mon petit. Mais je ne comprends pas votre antipathie pour Trevor. On dirait que vous lui en voulez.

Elle n'avait pas absolument tort. Il avait négligé cette vieille dame que Cécilia aimait comme sa propre grand-mère, et maintenant il lui faisait miroiter sa prochaine visite.

En vérité, il n'avait pas complètement oublié sa grand-mère. Grâce à l'argent qu'il lui avait envoyé, elle avait pu s'offrir un nouveau poêle, et la maison était maintenant chaude et confortable. Il lui avait aussi offert un grand poste de télévision en couleur. Bien sûr, il n'avait pas pensé que sa grand-mère aurait préféré un appareil portatif plutôt que ce monument qui mangeait tout le salon.

Finalement Cécilia dit, prudente :

– Je pense tout simplement qu'il ne se conduit pas très bien avec vous.

– Il m'envoie de l'argent!

– L'argent n'est pas tout.

– Comme vous l'avez remarqué vous-même, c'est un homme très occupé, dit Mme Barrone.

Bien qu'il l'ait laissée sans nouvelles pendant des années, il n'y avait aucune trace de critique dans la voix de la vieille dame.

– Après ces dures épreuves en Afrique, il a bien le droit de profiter un peu de la vie.

En tout cas, il avait su tirer profit de ses aventures, se dit Cécilia. Elles tenaient d'ailleurs peut-être davantage du roman que de la réalité. Et si Mia, en chair et en os, ressemblait vraiment à la fameuse Mia qu'on pouvait voir sur les écrans, ses « dures épreuves » avaient dû comporter quelques compensations.

– Mon Dieu, je suis tellement heureuse de la lettre de Trevor que j'allais oublier une chose importante! s'écria Mme Barrone en fouillant dans les plis de sa robe. J'ai une photo!

– C'est Trevor qui vous l'a envoyée? s'étonna Cécilia.

– Non. C'est Mabel qui me l'a apportée ce matin. Elle lit tous les magazines de cinéma. Elle les achète d'occasion à Eureka, la ville voisine.

Mme Barrone lui tendit la coupure.

Malgré son antipathie, Cécilia ne put maîtriser sa curiosité. Il était au second plan sur la photo, derrière une silhouette féminine qui n'arrivait pas à cacher la beauté ténébreuse de Trevor, sa barbe soignée et son sourire éclatant. Le type même du jeune auteur à la mode, pensa Cécilia avec ironie. La fille en robe du soir qui tenait

Trevor par le bras semblait ne plus vouloir le lâcher. La légende était rédigée dans le plus pur style des journaux à sensations : « La star et l'écrivain : l'irrésistible Deborah Hart au bras de Trevor Barrone. Après son deuxième divorce, a-t-elle donné son cœur au jeune écrivain-aventurier? »

Cécilia fit la grimace. Elle ne savait pas ce qui était le plus ridicule : l'allure provocante de l'actrice, le sourire avantageux de Trevor Barrone, ou le style de la légende. Elle rendit la coupure à Mme Barrone, qui épiait ses réactions.

– Il est très bel homme, reconnut Cécilia à contrecœur.

– Comme son père et son grand-père...

Mme Barrone sourit à ses souvenirs. Puis elle soupira.

– J'espère que Trevor aura la chance de rencontrer bientôt une jeune fille gentille et raisonnable. Chez les Barrone, les hommes ont toujours eu un grain de folie.

Cécilia jeta un nouveau coup d'œil à la photo. Elle était sceptique en ce qui concernait l'intérêt de Trevor Barrone pour les jeunes filles « gentilles et raisonnables ». Il semblait plutôt porté sur les vedettes aux courbes séduisantes.

– Quand je pense, murmura Mme Barrone, que Tim serait encore en vie si cette femme ne l'avait pas détourné du droit chemin.

C'était le seul sujet qui provoquait l'amertume de la vieille dame. Son indulgence pour l'égoïsme de son petit-fils et la dureté des Barrone en général, ne s'étendait pas à la mère de Trevor. Cécilia connaissait bien l'histoire.

Juste après leur mariage, M. et Mme Barrone

avaient quitté l'Oklahoma pour venir s'installer à Caverna Bay. Bill Barrone exerçait le métier de bûcheron dans les forêts de séquoias lorsqu'un grave accident l'avait laissé infirme. Il avait ouvert alors une station-service en ville. Tim était leur fils unique. Ses parents avaient été fiers de le voir entrer à l'université, où il avait fait la connaissance d'une fille de bonne famille, originaire de la Californie du Sud. Elle l'avait « détourné du droit chemin », comme disait Mme Barrone dans son vocabulaire suranné. Elle avait des goûts de luxe et ne pensait qu'à sortir. D'après Mme Barrone, Tim s'était tué pour elle, pour la voir heureuse. Ce n'était peut-être pas tout à fait vrai, mais une chose était sûre : Tim était mort en mer dans les Caraïbes. On avait parlé de drogue...

Sans doute, les torts de la jeune épouse avaient été en partie oubliés à la naissance de Trevor. Le bambin passait souvent l'été à Caverna Bay quand ses parents partaient en vacances en France ou en Espagne. Tout avait pris fin à la mort de Tim. La jeune veuve s'était remariée très vite, et Mme Barrone n'avait pratiquement plus entendu parler de son petit-fils.

Jusqu'à ce qu'elle le retrouve à la « une » d'un magazine, il y avait trois ans de cela. Il y racontait comment, envoyé en mission en Afrique du Sud pour des recherches minéralogiques, il avait été fait prisonnier par les membres d'un mouvement révolutionnaire. On l'avait accusé d'espionnage et mis au secret en attendant de l'exécuter. La fille d'un missionnaire l'avait aidé à s'échapper à travers la jungle, malgré les crocodiles, les serpents, les maladies tropicales et l'hostilité des indigènes.

Le reste était bien connu : Trevor avait écrit le récit de ses aventures. Le livre avait été plus qu'un succès. Critiques et lecteurs en avaient fait un triomphe. Comme il se doit, le cinéma s'était emparé de l'histoire. Le film avait été accueilli encore mieux que le livre et on l'avait proposé pour l'Oscar.

Cécilia s'était demandé si le Trevor de l'article était bien le petit-fils de Mme Barrone. Pour la vieille dame, cela n'avait jamais fait l'ombre d'un doute. Elle mettait religieusement de côté les coupures de presse, les échos et les photos qui concernaient Trevor et les collait dans son album. L'année dernière, elle lui avait écrit à l'insu de Cécilia. Trevor avait répondu. Elle avait enfin la preuve qu'il s'agissait bien de son petit-fils. Après quoi, il lui avait envoyé de l'argent et des cadeaux, aussi extravagants qu'inutiles.

Mme Barrone parcourait son album d'un air ravi. Il y avait d'abord les photos d'un petit garçon de sept ou huit ans, aux cheveux noirs et à l'allure insolente. C'était du moins l'avis de Cécilia. Puis Trevor pendant les vacances, l'été, chez ses grands-parents. On passait ensuite, sans transition, à la photo du journal de Johannesburg, représentant un jeune homme maigre, la barbe en bataille et les vêtements en lambeaux. Il y avait aussi des coupures de presse et la jaquette de son livre, avec un portrait où il avait l'air plus soigné.

Cécilia se leva.

– Etes-vous sûre que je ne peux rien faire d'autre pour vous aider?

– Pouvez-vous me passer la colle? Je voudrais ajouter ces articles, dit Mme Barrone en souriant. Trevor va être surpris en voyant cet album...

Cécilia se mordit la lèvre.

– Je vous en supplie, ne soyez pas trop triste si...

– Il viendra, dit Mme Barrone, pleine d'assurance. A l'âge de six ans, il tenait déjà parole. Je lui fais confiance.

Cécilia songea, non sans ironie, qu'à six ans, on n'a pas encore le goût des honneurs, de la publicité et des jolies blondes.

– Quel âge a-t-il maintenant? demanda-t-elle.

Mme Barrone répondit sans même calculer :

– Trente et un ans. Son anniversaire est en août. Je me souviens de la fête qu'on avait organisée pour ses quatre ans...

Mme Barrone était repartie sur son sujet favori.

D'habitude, Cécilia écoutait très volontiers Mme Barrone parler de ce qui lui tenait tant à cœur, mais aujourd'hui, elle n'en avait pas envie. Au diable Trevor Barrone! Si jamais il ne venait pas voir sa grand-mère comme il l'avait promis, elle lui ferait connaître sa façon de penser.

– ... comme vous.

Tout à son agacement, Cécilia n'avait rien entendu.

– Je disais que lorsque Trevor se mariera, j'espère que ce sera avec une fille comme vous, répéta Mme Barrone.

Elle prit les mains de Cécilia dans les siennes.

– Je ne sais pas ce que je serai devenue sans vous. Votre tante a été si bonne pour moi. Et après sa mort, vous l'avez tout de suite remplacée. Pour moi, vous êtes comme ma petite-fille.

Cécilia se mit à rire et lui entoura affectueusement les épaules.

– J'ai autant besoin d'une grand-mère que vous d'une petite-fille. Tout est donc pour le mieux.

Mme Barrone regarda Cécilia au fond des yeux.

– Il est grand temps de penser à vous marier. A votre âge, moi j'étais déjà maman. Comment va votre ami Larry?

Cécilia haussa les épaules.

– Nous sommes bons amis, c'est tout. Et rien ne presse...

Mme Barrone se contenta de froncer les sourcils en signe de réprobation.

– Si vous restiez avec moi? Nous pourrions partager le rôti.

Un autre jour, Cécilia serait volontiers restée dîner. Elle aurait même préparé une salade pour accompagner le repas. Mais cette fois, elle déclina l'invitation. Mme Barrone allait sûrement encore lui parler de son petit-fils et Cécilia craignait que la vieille dame ne devine le fond de sa pensée. Elle finirait par lui avouer à quel point elle le trouvait égoïste, superficiel et coureur de jupons. A son avis, un physique avantageux et ce que les journaux appelaient « un charme irrésistible » ne suffisaient pas à compenser les défauts de Trevor.

– Je passerai demain en rentrant de la plage, promit Cécilia.

Après avoir jeté un coup d'œil au rôti, elle enfila son vieux ciré, releva ses longs cheveux sous son chapeau trop large, et de la porte, adressa un petit signe d'adieu à Mme Barrone.

Elle descendit la rue, tourna le coin et se

dirigea vers son magasin, où l'attendait un logement petit mais confortable. Dans le parc, parmi les séquoias géants, deux enfants jouaient sans se soucier de l'orage, escaladant une énorme souche.

Elle arriva au moment où Larry MacAllister engageait sa voiture dans l'étroit chemin qui conduisait jusque chez elle. Il la héla.

– Ohé! que fais-tu dehors par un temps pareil?

Cécilia s'approcha. Des tableaux encadrés étaient empilés à l'arrière du véhicule, comme un vulgaire tas de planches.

– Tu ne sais pas encore que j'adore l'orage? dit Cécilia gaiement.

Larry grogna et une légère grimace apparut sur son visage ouvert, marqué de taches de rousseur.

– Cette tenue ridicule te va si bien que tu peux te permettre de dire n'importe quoi.

Larry expédia d'un geste négligent une boîte en cèdre, décorée à la main, sur le siège arrière pour faire place à Cécilia.

– En route! On va chez *Mama Jo* avaler un steak frites. Ce soir je retourne à San Francisco. Je dois livrer ces croûtes demain dès l'aube.

– Tu as tort de parler comme ça, protesta Cécilia. Le fait d'être aussi productif n'enlève rien à la valeur de ton travail. Je suis sûre que tes tableaux sont aussi appréciés que ceux d'artistes beaucoup plus connus.

– Trop aimable! Avec toi, tout va toujours très bien, madame la Marquise.

Cécilia fit courir sa main le long de la portière ruisselante de pluie, et essaya de l'asperger. Il esquiva en riant. Maintenant que Larry avait renoncé à la demander en mariage, leurs rapports étaient plus détendus. Il lui arrivait encore d'implorer Cécilia du regard, ce qui la mettait mal à l'aise, mais autrement ils s'entendaient très bien. Larry gagnait convenablement sa vie avec les marines et les paysages en série que lui commandaient les magasins de la région. Cécilia considérait qu'il était bien plus doué qu'il ne cherchait à le faire croire. Il tapota le siège.

– Alors, on y va?

Cécilia secoua la tête.

– Pas ce soir. Je viens juste de refuser le merveilleux rôti de Mme Barrone. Je n'ai pas envie de steak non plus.

– J'oubliais! soupira Larry. La bonne action quotidienne : encore et toujours l'assistance aux petites vieilles en détresse! Tu dois être une sainte. C'est peut-être ce qui me plaît en toi.

Il avait pris un ton léger, mais Cécilia préféra changer de sujet.

– Mme Barrone vient de recevoir une lettre de son petit-fils. Elle est dans tous ses états. Il débarque!

– Le célèbre Trevor Barrone en personne? en cette bonne ville de Caverna Bay? Quand ça?

– Il n'a pas donné de date, et je doute fort qu'il vienne, dit-elle en haussant les épaules.

Arrivée chez elle, elle se prépara des tartines et un chocolat chaud et mit de la musique. Elle s'installa dans l'atelier où l'attendaient ses sculptures mobiles. Son œil exercé sélectionnait sans hésiter les éléments qui pouvaient servir à ses constructions harmonieuses et équilibrées.

Elle revenait sans cesse à Trevor Barrone. Allait-il vraiment faire son apparition? A cette idée un frisson la parcourut. Tout cela était ridicule. Bien sûr, il était beau garçon, presque trop beau, décida-t-elle à la réflexion. Elle avait toujours constaté que la beauté et la vanité allaient de pair. D'ailleurs, il n'y avait aucune trace de modestie dans la manière dont Trevor se racontait dans son livre.

Il fallait reconnaître que c'était quand même un bon livre. Quand le film était passé à Eureka, elle était allée le voir avec Mme Barrone. Les passages osés et les scènes de violences l'avaient mise dans l'embarras. Mais Mme Barrone, elle, n'avait pas bronché et n'avait rien trouvé à redire au spectacle. Pour Cécilia, le livre valait beaucoup mieux que le film; on avait trop porté l'accent sur le sexe et la violence. Mais il ne fallait pas se faire d'illusions : lorsque Trevor Barrone s'était attaqué au scénario, il avait dû en même temps garder un œil sur les recettes.

Le lendemain matin, la pluie tombait toujours. Cécilia était déçue. Elle avait projeté de partir à la recherche d'épaves rejetées par la tempête. Elle adorait fouler le sable tout frais après la pluie. A chaque fois, elle espérait trouver des choses merveilleuses. Un vase ancien par exemple, ou, mieux encore, ce dont rêvent tous les enfants : un coffre de pirate rempli de pièces d'or. En réalité, ses découvertes s'étaient bornées jusqu'à présent à quelques bouts de bois aux formes bizarres. Elle ramassait aussi des coquillages étranges ou de ces boules de verre qui servent de flotteurs aux filets de pêche. Tout cela aboutissait dans son atelier et lui servait à fabriquer les objets exposés dans son magasin. Elle avait déjà remporté plusieurs prix dans les chasses au trésor organisées sur la côte.

Elle passa une matinée plutôt décousue, revenant toujours à la fenêtre pour prendre la couleur du temps. Vers 10 heures la pluie cessa et le ciel commença à se dégager. Après avoir déjeuné, Cécilia enfila un anorak et sortit.

Au-delà du village, elle gravit le chemin qui redescendait ensuite vers le Pacifique. Les touristes se retrouvaient tous sur la même plage. Ils ignoraient qu'il en existait une autre, et même plusieurs. Il s'agissait en réalité d'une succession de petites étendues de sable séparées par des avancées de rochers escarpés. Il en était une que Cécilia affectionnait tout particulièrement. C'était ici qu'elle avait trouvé ses plus beaux spécimens. Mais une fois en haut du chemin, elle constata que la tempête avait trop bien fait les choses : elle ne pourrait malheureusement rien tirer des énormes morceaux de bois qui jonchaient le sable. Certains étaient à demi submergés, d'autres, roulant dans les vagues, s'échouaient sur la plage. Elle décida malgré tout de descendre. Un soleil timide commençait à se montrer, tandis que le vent soufflait encore en rafales. Parvenue à mi-pente, elle vit quelque chose bouger dans l'eau. En arrivant à la limite des vagues, elle distingua une mouette en fâcheuse position et visiblement à bout de force. Elle comprit que l'oiseau était pris au piège d'une ligne de pêche. La pauvre bête battait désespérément de l'aile, les pattes retenues par le fil, dont une partie s'était enroulée autour d'une souche à demi submergée. A chaque mouvement de l'épave retombant au creux des vagues, l'animal impuissant disparaissait sous l'eau.

Marchant de long en large, Cécilia étudiait la situation. Elle connaissait les dangers que pouvaient réserver les mouvements imprévus de cette masse flottante. Une lame plus forte pouvait soulever ce tronc d'arbre comme un fétu de paille. La souche, telle un monstre tentaculaire, lui semblait douée de vie. Elle montait et descendait au gré des vagues. Si elle tentait de libérer l'oiseau, cette chose allait se ruer sur elle... Elle ne pouvait pourtant pas abandonner là cet animal sans défense. Finalement, d'un brusque coup de pied, elle envoya ses espadrilles rejoindre les débris de bois qui jonchaient la plage et se débarrassa de son anorak. Tout à l'heure elle serait sans doute bien contente d'avoir quelque chose de sec à enfiler.

Le sable, entraîné par la force du courant, coulait sous ses pieds. La mouette se débattait pitoyablement. Déjà Cécilia avait de l'eau jusqu'aux cuisses. Lorsqu'elle en eut jusqu'à la ceinture, elle réprima un sentiment de panique. Elle touchait au but, et pouvait distinguer la ligne accrochée aux nœuds d'une des racines. Il ne lui restait plus qu'à la détacher pour s'emparer de l'oiseau et le ramener sur la plage. Mais à ce moment, une vague se précipita sur elle. Elle voulut se rattraper à la souche branlante qui bascula. Elle trébucha, tandis qu'une nouvelle vague la submergeait. Dans le vent, qui soufflait avec une force insoupçonnée, lui parvint un cri. On aurait dit une voix humaine, mais ce devait être le cri de la mouette terrifiée.

A son deuxième essai, elle parvint à saisir la ligne, mais la racine qui la retenait se trouvait de l'autre côté de la souche. Elle tira d'un coup sec. Au lieu de céder, la ligne lui coupa les paumes. La mouette se débattait encore faiblement, mais sans résultat. Cécilia, d'un effort désespéré, parvint à contourner la souche. Il arriva alors ce qu'elle avait redouté : une énorme vague souleva la masse de bois comme une brindille. Haletante, pantelante au milieu des remous, Cécilia sentit que quelque chose la poussait, la rejetait de côté. Ce n'était pas la souche. Celle-ci, roulant sur elle-même, l'avait frôlée sans l'atteindre.

Cécilia essuya ses yeux brûlés par l'eau de mer. Luttant contre l'assaut des vagues, elle tenta de se redresser, mais elle s'était tordu le genou gauche dans sa chute et elle était gênée dans ses mouvements.

– A quoi jouez-vous? Vous auriez pu vous tuer avec ce genre d'acrobaties! Vous ne m'avez pas entendu?

A travers les mèches qui lui tombaient sur les yeux, elle aperçut un homme. Elle comprit que c'était lui qui l'avait tirée de côté, au passage de la souche. Celle-ci d'ailleurs, repoussée par les vagues, était venue échouer aux pieds de Cécilia.

L'homme était de grande taille, avec des épaules larges et des jambes longues. Vêtu d'un jean et d'un anorak en nylon bleu, il avait les cheveux noirs et drus, des lunettes de soleil, et son visage buriné portait la marque d'une mince cicatrice tout le long de la joue. Une grimace de colère lui déformait la bouche. L'eau ruisselait de son anorak, et ses bottes, qu'il n'avait pas eu le temps de retirer, étaient trempées.

Cécilia l'observait avec méfiance. Son geste avait été si brutal qu'elle se demanda s'il trahissait vraiment la violence de sa nature. Il se dégageait de cet être aux manières rudes une telle impression de puissance qu'elle ressentit un étrange sentiment de malaise.

– Je... je vous remercie, dit-elle avec difficulté. Je ne me rendais pas compte que la mer était si mauvaise.

– Vous feriez mieux de vous mettre au sec.

En trois enjambées il fut près d'elle et la remit sans ménagement sur ses pieds. Elle ressentit alors une telle douleur dans le genou qu'elle en eut les larmes aux yeux.

– Ça ne va pas? demanda-t-il d'un ton brusque.

– Si, ça va, mais la mouette...

Elle tourna la tête. La souche, maintenant hors d'atteinte des vagues, gisait à ses pieds sur le sable. Mais l'oiseau, toujours prisonnier, continuait à se débattre faiblement. L'homme suivit son regard :

– Vous n'allez pas me dire que vous avez risqué votre vie pour une malheureuse mouette?

S'appuyant sur sa jambe valide, Cécilia s'approcha de l'oiseau en boîtant. Puis, se laissant tomber sur les genoux, elle tenta de démêler la ligne. Ses doigts engourdis la rendaient maladroite. Il s'était accroupi derrière elle, examinant la situation. Sans un mot, il se mit à son tour au travail.

Elle admira la précision et l'efficacité de ses gestes, tandis qu'il dégageait rapidement les pattes de la mouette qu'il tenait serrée sous son bras. L'animal n'était plus retenu que par une aile. Mais Cécilia se laissa aller au découragement en voyant que le fil était encore accroché à la souche.

– Il faudrait un couteau, dit-elle, sachant par expérience que la ligne ne casserait pas.

Sans rien dire, il prit le câble dans les mains et tira. Cécilia frémit : le fil tendu lui entamait la chair. Impassible, il ne relâcha pas son effort. La ligne cassa net.

En un tournemain il dégagea l'oiseau. La mouette paraissait indemne et se redressa en titubant. Il jeta le fil à Cécilia.

– La prochaine fois, méfiez-vous, dit-il. La nature n'est pas tendre. Elle ne vous fera pas plus de cadeaux qu'à cet animal.

– Ce n'est pas la nature qui a posé cette ligne, ce sont des hommes, rétorqua-t-elle.

Pour éviter un nouvel accident Cécilia mit le fil dans sa poche. Elle s'en débarrasserait une fois rentrée chez elle.

Il enleva ses lunettes et les essuya avec son mouchoir. Cécilia remarqua qu'il avait les yeux bleus, d'un bleu intense qui la surprit. Elle avait l'impression de l'avoir déjà vu. Mais elle était certaine de ne pas l'avoir croisé dans le pays. Même s'il n'avait fait qu'entrer et sortir de son magasin, elle l'aurait reconnu.

– La plupart des touristes ignorent l'existence de cette plage, fit-elle remarquer.

– J'étais juste en train de penser la même chose, acquiesça-t-il.

Comme il la dévisageait fixement, Cécilia fut décontenancée. Elle ne devait pas avoir fière allure, avec ses pauvres vêtements trempés, ses cheveux plaqués par l'eau de mer, et le sable qui lui collait à la peau. Plus il la regardait, plus elle était gênée. Il lui semblait que son tee-shirt mouillé lui moulait la poitrine comme une seconde peau.

Il venait de remettre ses lunettes noires. Il doit se croire au cinéma, pensa Cécilia en constatant que les nuages cachaient toujours le soleil.

Elle se dirigea clopin-clopant vers un tronc

d'arbre et s'assit pour enfiler ses vieilles espadrilles. Elle finit par remettre la main sur son anorak que le vent avait déplacé. Elle grelottait. Elle s'efforça de marcher d'un pas ferme malgré son entorse, car elle sentait le regard dédaigneux de l'homme braqué sur elle. Elle pouvait imaginer ce qu'il pensait : se blesser pour une simple mouette! Mais comment pouvait-il rester sans broncher dans des vêtements mouillés?

– Vous arriverez à grimper ce chemin? demanda-t-il.

Il penchait la tête comme pour la questionner du regard.

– Je crois que oui.

Mais juchée sur un morceau de bois, Cécilia ne faisait pas mine de bouger.

– Je voudrais rester assise un peu pour profiter du paysage, dit-elle, n'ayant pas trouvé meilleure excuse.

Une décision ridicule, quand on était trempée de la tête aux pieds et grelottante de froid sous la pluie fine qui s'était remise à tomber. Mais il n'était pas question de remonter avec lui. Les bras croisés, elle attendait sans broncher qu'il se décide à partir. Peu lui importait d'être prise pour une idiote.

Il haussa les épaules. Libre à elle de mourir de froid sous la pluie, semblait-il penser. Mais au lieu de s'engager dans le chemin, il se dirigea vers les rochers.

– Où allez-vous? demanda-t-elle intriguée.

– Il y a une grotte de l'autre côté de ces rochers.

Cécilia le regarda fixement.

– Comment le savez-vous?

– Quand j'étais petit, je venais jouer ici. Un

jour, j'ai caché un trésor. Il y avait quatre billes, un canif et un paquet de chewing-gum. Je voudrais voir s'ils sont toujours là.

Elle avait peine à imaginer cet homme à l'air brusque et arrogant en petit garçon jouant dans le sable.

Elle fut frappée d'une idée soudaine. Ces cheveux noirs... cette puissante carrure... cette cicatrice sur la joue... Elle revit une scène de film, l'éclat d'un couteau dans la main d'un gardien de prison.

– Qui êtes-vous? bégaya-t-elle.

Il retira à nouveau ses lunettes et lui jeta un regard moqueur.

– Cette plage vous appartient? Je dois vous montrer mes papiers peut-être?

– Non, bien sûr que non. Je voulais seulement savoir...

– Je m'appelle Trev Barrone.

2

Trev Barrone!

Cécilia le fixa du regard, cherchant à faire le rapprochement entre l'homme qui se tenait devant elle et l'image des magazines. Pas de doute, c'était bien Trevor Barrone. Avec sa barbe, et sans ces lunettes de soleil qui cachaient l'expression si particulière de son regard, elle l'aurait sans doute reconnu.

Il leva les sourcils :

– Mon nom vous dit quelque chose?

Elle refusa de lui avouer qu'elle avait lu son livre, qu'elle avait vu son film, et qu'elle avait suivi ses faits et gestes dans la presse avec le plus grand intérêt.

– Nous sommes très amies, Mme Barrone et moi. Elle m'a souvent parlé de vous. Elle m'a dit que vous alliez venir, mais...

Cécilia se tut. Elle n'avait jamais cru à cette visite. Voilà qu'elle s'était trompée... Elle finit par balbutier :

– Je ne pensais pas vous voir si tôt. Combien de temps comptez-vous rester?

Courbant légèrement les épaules, il se tint le dos au vent.

– Je ne sais pas encore. J'ai besoin de me reposer quelques jours avant de me décider. Il y a des endroits que j'aimerais revoir, comme la grotte qui se trouve là-bas.

Il indiqua de la tête la pointe de rochers.

Cécilia se sentait coupable. Sans elle, il ne serait pas ici, trempé jusqu'aux os. Le dos voûté, il semblait insensible au froid comme au vent, alors qu'elle-même grelottait. Elle voulut s'excuser :

– Je suis désolée de vous voir dans cet état, mais je vous suis très reconnaissante. Et la mouette sûrement encore plus que moi.

– Je croyais avoir à faire à l'une de ces touristes inconscientes qui mettent les pieds n'importe où. Mais vous êtes du pays. Vous auriez pu faire attention.

Il parlait d'un ton détaché, avec un certain mépris dans la voix.

Cécilia parut déconcertée.

– Je ne pouvais pas laisser souffrir cette pauvre bête...

Il se mit à l'observer avec intérêt. La peau couverte de sel, les cheveux en désordre, elle se demandait ce qu'elle pouvait bien avoir de commun avec les créatures de rêve qu'il avait l'habitude de fréquenter.

– Vous ne seriez pas la gentille petite Cécilia dont ma grand-mère parle tant, par hasard? demanda-t-il soudain.

« La gentille petite Cécilia. » Pas de doute, il se moquait d'elle. Elle lui avait été un moment reconnaissante d'être venu voir sa grand-mère, mais c'était fini maintenant. Elle se redressa de toute sa taille. Il n'en parut pas autrement impressionné, car il fallait encore qu'elle lève la tête pour lui parler.

– Je suis Cécilia Christopher, annonça-t-elle d'un ton glacial.

– Dans ce cas, vous avez droit à toute ma reconnaissance pour la façon dont vous vous occupez de ma grand-mère, déclara-t-il avec un petit signe poli de la tête, que Cécilia trouva plus moqueur que courtois.

– Je suis sûre qu'elle aurait préféré profiter de l'attention de sa famille, répliqua-t-elle sèchement.

Elle se demanda brusquement si elle ne se montrait pas injuste envers lui.

– Peut-être ne saviez-vous pas comment la joindre?

– J'ai toujours su où la joindre.

Il avait dit ça avec un tel calme qu'elle se sentit de plus en plus exaspérée. Elle croisa les bras sur son anorak. Le vent chargé d'écume et de pluie redoublait d'intensité.

– Pourquoi êtes-vous venu? lui demanda-t-elle sans ménagement.

– Je vous l'ai déjà dit. Pour me reposer et me changer les idées...

– Si j'en crois les journaux, les visites aux vieilles dames dans des endroits perdus ne font pas partie de vos distractions favorites.

« Si seulement vous vous occupiez de ce qui vous regarde! » eut-elle l'impression de lire dans son regard sans bienveillance.

Il haussa les épaules.

– Je compte repartir avec ma grand-mère pour la Californie du Sud. J'ai acheté une maison là-bas, près de Palm Springs. L'air sec du désert est bon pour les rhumatismes, et comme ça je pourrai veiller sur elle.

Très surprise, Cécilia se demanda comment la vieille dame avait pu accepter sans discuter les étonnants projets de Trevor Barrone.

Elle fit un pas en arrière pour éviter les vagues qui commençaient à lui lécher les pieds.

– C'est vraiment gentil de votre part. Elle ne va manquer de rien. (Elle hésita :) A vrai dire, je m'étonne un peu de la voir quitter Caverna Bay, après toutes les années qu'elle a passées ici.

Il haussa de nouveau les épaules :

– Elle ne sait encore rien.

– Autrement dit, vous ne lui en avez pas encore parlé? Ce départ pour Palm Springs n'est qu'un projet?

– C'est ce qu'il y a de mieux à faire, j'en suis sûr.

Il savait donc tout, et mieux que tout le monde. Il ressemblait exactement à ses photos : arrogant, désinvolte, sûr de lui.

Mais il y avait autre chose en lui, quelque chose d'inattendu qu'elle n'arrivait pas à définir clairement. En fait, décida-t-elle après réflexion, il n'est pas aussi bien que sur les photos. Il a la mâchoire trop carrée, le visage un peu trop creux, les traits plus marqués, avec des rides au coin des yeux.

Et malgré tout cela, les photos n'avaient pas su traduire ce que Cécilia discernait, maintenant qu'il se tenait solidement campé sur ses jambes, les cheveux au vent, et que les vagues déferlaient derrière lui. On aurait dit un animal à l'affût, les muscles bandés, prêt à bondir sur sa proie. Cette cicatrice le long de la joue accentuait encore sa virilité.

Cécilia fut prise de frissons. Cette fois ce n'était ni le vent ni le froid, mais la présence de Trevor Barrone qui provoquait en elle cette réaction soudaine. Elle sentit confusément une vague de sensations nouvelles, inconnues, l'envahir malgré elle. C'était tout simplement ridicule! Un homme ne pouvait pas exercer sur elle un tel pouvoir magnétique. Les mâles tout en muscles, les moniteurs de plage fiers de leur anatomie n'étaient pas du tout son genre.

Il fallait cependant reconnaître qu'on ne pouvait pas vraiment le ranger dans cette catégorie. Son livre, violent certes, mais habilement construit, était celui d'un esprit brillant. Ses mains puissantes mais soignées, sa carrure athlétique mais élancée, ses vêtements à la coupe discrète, tout chez lui portait la marque d'une distinction naturelle.

Aucun besoin de paraître chez cet homme plein d'assurance. Non, Trevor Barrone ne pouvait cacher l'extraordinaire rayonnement qui émanait de tout son être.

Cécilia réussit à maîtriser son trouble. Le « charme irrésistible » dont parlait la presse à sensations n'était probablement qu'une invention de journaliste. Il avait dû étudier ses expressions devant la glace pour se donner l'air d'une vedette de Hollywood.

Un vague sourire flottait sur le visage de Trevor Barrone. Il devait avoir conscience d'être examiné de près.

– Vous êtes déçue? demanda-t-il d'un ton sec.

– Je... je ne vois pas ce que vous voulez dire, répondit-elle en bégayant de surprise.

– Quand les gens rencontrent le vrai Trevor Barrone, ils sont quelquefois déçus de ne pas retrouver l'acteur qui joue mon rôle dans le film. Une fois, dans une interview, on m'a demandé si j'avais un problème d'identité.

– Et alors?

Il haussa de nouveau les épaules. Il semblait parfaitement à l'aise.

– Il est possible que l'acteur qui tient mon rôle ait un problème d'identité, mais moi je sais qui je suis.

– Cela ne fait pas l'ombre d'un doute, murmura Cécilia.

Bagarreur, aventurier et coureur. Elle revoyait les scènes d'amour du film. Elle eut la brusque envie de le planter là.

Elle enfonça les poings dans ses poches et voulut reprendre son chemin, mais elle avait oublié son genou qui refusa de la soutenir. Elle partit brusquement en avant. Il tendit les bras pour la rattraper, et l'aida à se remettre debout. Il était si proche qu'elle sentit son cœur battre à tout rompre. Leurs yeux se croisèrent. Un trouble étrange l'envahit de nouveau. Elle se dégagea rapidement.

– Excusez-moi, dit-elle gênée. (Elle avait du mal à retrouver son sang-froid.) J'ai... j'ai perdu l'équilibre.

– J'espère vous revoir avant notre départ, dit-il.

Elle vit une lueur passer dans ses yeux, et Cécilia se souvint des propos de Larry. Cécilia n'avait peut-être rien d'une vedette de cinéma, mais Trevor Barrone savait sans doute se contenter de ce qui lui tombait sous la main.

– Je ne pense pas, dit-elle d'un ton détaché. Je suis très occupée.

Il eut l'air surpris :

– Les clients se bousculent dans votre boutique peut-être? Je croyais avoir vu une pancarte sur la porte : « Ouvert samedi et dimanche seulement ».

Il était exact que, l'hiver, elle ouvrait uniquement pendant le week-end. Elle rougit, mais releva aussitôt la tête d'un air de défi. Il s'imaginait sans doute qu'il suffisait d'être un auteur à succès pour que toutes les filles de province lui tombent dans les bras. Elle changea de conversation.

– Vivre avec votre grand-mère, est-ce que cela ne va pas déranger vos habitudes? Pourquoi tenez-vous tellement à la prendre avec vous?

Il parut irrité.

– Parce que c'est ma grand-mère. Parce que j'ai mieux à lui offrir que cette cabane où elle vit. Parce que je lui dois bien...

Cécilia lui coupa la parole, soudain exaspérée par ses airs de supériorité.

– Vous croyez qu'elle a vraiment besoin d'une résidence de luxe avec téléviseur en couleur et lave-vaisselle automatique?

Cécilia s'était mise à hurler plus fort que le vent pour se faire entendre. Trevor Barrone ne s'était guère soucié de sa grand-mère jusqu'à ce jour, et voilà maintenant qu'il décidait de tout à sa place.

– Vous avez mieux à proposer? demanda-t-il d'une voix cinglante.

– Oui, donnez-lui un peu de vous-même, cria Cécilia, tandis que la mer déchaînée continuait à monter autour d'elle. Elle a besoin de vous, de votre affection, de vos attentions. Il faut la rassurer, elle se fait du souci pour vous. Tous ces cadeaux, la télévision, le four à micro-ondes dont elle ne sait pas se servir, ils sont là seulement pour vous donner bonne conscience. Peut-être aura-t-elle une maison avec tout le confort, mais ce n'est pas cela qui la rendra heureuse.

– Elle aura tout ce qu'il lui faut, dit-il, glacial, en lui jetant un regard dur comme l'acier.

Il fit un brusque signe de tête et partit en direction des rochers.

Il avait coupé court à la conversation sans que Cécilia, furieuse, ait pu lui répondre.

– Vous espérez peut-être avoir votre nom dans les journaux! cria-t-elle après lui. « Trevor Barrone, l'écrivain bien connu, sauve sa grand-mère de la misère ». Vous auriez dû vous faire accompagner d'un photographe quand vous m'avez tirée de l'eau...

Elle baissa le ton, consciente qu'elle était allée trop loin.

Le visage de Trevor Barrone se décomposa, ses yeux se firent noirs de rage. Cécilia recula prudemment, ne sachant pas au juste de quoi il était capable. Elle tremblait de tout son corps, sous la pluie qui lui glaçait les os.

Inutile de continuer la conversation, pensa-t-elle soudain, inutile et absurde. Trevor Barrone charriait de la glace dans ses veines. C'était le genre d'homme qui croyait pouvoir tout acheter, même une grand-mère.

– Pourriez-vous prévenir Mme Barrone que je ne viendrai pas aujourd'hui? dit Cécilia d'un ton mondain.

Il hocha la tête sans répondre. Cécilia fit précipitamment demi-tour, en s'efforçant de ne pas s'appuyer sur sa jambe malade. Elle grimpa le chemin, les dents serrées à cause de la douleur, puis lança un regard en arrière : il ne l'avait pas quittée des yeux. Peut-être attend-il que je m'étale de tout mon long, pensa-t-elle, furieuse.

Elle attaqua la pente sans faiblir. Se retournant une nouvelle fois, elle eut juste le temps de le voir disparaître derrière les rochers, indifférent au froid et à la pluie. Tant pis pour lui s'il attrape une pneumonie, se dit Cécilia en s'arrêtant pour souffler un peu. Mais elle fut prise de remords en se rappelant comment il était venu à son aide. Il fallait avouer qu'elle avait bêtement pris des risques pour sauver cet oiseau. Pas plus tard que cet été, un homme, assommé par un tronc d'arbre flottant, s'était noyé non loin d'ici. Peut-être l'exaspération de Trev était-elle justifiée. Mais, son inconscience était-elle pire que la témérité de Trevor Barrone? N'avait-il pas lui aussi pris des risques pour la secourir? Inutile de se poser toutes ces questions, pensa-t-elle. Son geste n'était sûrement pas désintéressé et ferait probablement partie des exploits héroïques rapportés dans son prochain livre.

Cécilia était un peu inquiète pour son genou. Mais en rentrant chez elle, elle prit deux comprimés d'aspirine, un bain chaud, et la douleur finit par se calmer. Tout en se prélassant dans son bain de mousse, elle décida d'ignorer Trevor Barrone et d'interrompre les visites à sa grand-mère. Tant que Trevor serait en ville, sa présence auprès de la vieille dame n'était pas nécessaire. Si Mme Barrone décidait de partir, elle passerait lui dire au revoir. Peut-être parviendrait-elle à éviter Trevor.

L'éviter était une chose, ne plus entendre parler de lui en était une autre. A plusieurs reprises, elle le vit passer devant son magasin au volant de sa Ferrari, accompagné parfois de Mme Barrone, trônant à côté de lui. Et puis Larry lui raconta que Trevor Barrone avait emmené sa grand-mère dîner en ville. D'après lui, on aurait dit une belle au bras de son amoureux. Larry voulut savoir si Cécilia et Trevor se connaissaient. D'un ton détaché, Cécilia répondit qu'elle l'avait croisé par hasard sur la plage.

– Impressionnée? demanda-t-il sur un ton léger.

– Je ne vois pas comment je pourrais l'impressionner, à côté des créatures bien en chair dont il a l'habitude!

Larry l'observa pensivement :

– Je voulais dire le contraire... C'est à croire qu'il t'a vraiment fait une grosse impression...

Larry se trompe, pensait Cécilia tout en ouvrant la boutique, ce dimanche matin. Avant même de l'avoir rencontré, elle avait trouvé Trevor Barrone déplaisant, et maintenant il lui déplaisait encore davantage. Sa suffisance insupportable, sa froide indifférence l'effrayaient plutôt. A contrecœur, elle devait pourtant reconnaître qu'en tant qu'*homme*, il avait fait sur elle une impression exceptionnelle. D'habitude, elle avait avec les hommes qu'elle rencontrait des relations fondées sur l'amitié, à l'abri des situations orageuses ou compliquées. Elle éprouvait même un certain mépris pour les gens qui se laissaient séduire au point de perdre la tête. Mais lorsque Trevor l'avait attirée à lui, pourquoi avait-elle ressenti soudain un trouble aussi profond? Pourquoi avait-elle tremblé sous l'intensité de son regard? Elle lui en voulait de cette émotion étrange, de ce sentiment inconnu qu'il avait éveillé en elle, alors qu'elle ne le connaissait pas, qu'elle ne tenait pas à le connaître, et qu'il ne lui plaisait pas...

Elle en était là de ses réflexions, lorsqu'elle aperçut l'objet même de ses pensées sur le pas de la porte. La clochette tinta tandis qu'il entrait dans la boutique. Pour se donner une contenance, elle se mit à épousseter les bibelots d'un air indifférent.

Il portait un pantalon de flanelle et un blouson de daim. Il ne manquait que la pipe pour parfaire la panoplie de l'écrivain en vacances, se dit Cécilia, refusant de reconnaître qu'il ne manquait pas d'allure.

Sans savoir pourquoi, elle était assez contente d'avoir mis le tailleur beige qu'elle venait d'acheter à Eureka. Il était simple mais élégant, et soulignait joliment sa silhouette. Bonne idée également d'avoir mis ce rouge à lèvres cuivré et cette ombre légère au coin des yeux. Elle n'avait plus rien de la malheureuse naufragée de l'autre jour. Mais elle se le reprocha aussitôt. Pourquoi s'inquiéter de l'effet qu'elle pouvait bien produire sur lui?

– Comment va ce genou? dit-il enfin.

– Très bien merci, répondit-elle, sur la défensive.

– Ma grand-mère a essayé de vous appeler, mais sans succès.

Gênée, Cécilia se mit à passer le plumeau sur une vitrine de bijoux en évitant son regard. Plutôt que d'inventer des excuses, elle avait préféré ne pas répondre au téléphone. Elle aurait bien voulu savoir s'il avait parlé de leur rencontre mouvementée à sa grand-mère.

– Je devais être sortie, je suis souvent à la plage.

Il faisait le tour du magasin, examinant les petites sculptures mobiles avec intérêt. Il prit dans ses mains une sorte d'animal fantastique qu'elle avait créé à partir de bouts de bois flotté et de coquillages et jeta un regard indifférent aux bibelots et autres souvenirs pour touristes. Il semblait remplir la boutique de sa présence, mais en même temps il avait l'air nerveux et mal à l'aise. Pourquoi est-il ici? se demanda Cécilia. Une visite de politesse, ce n'était pas son genre.

– Vous passez de bonnes vacances? demanda-t-elle d'une voix neutre.

– Ce coin a bien changé depuis mon enfance. Autrefois, il n'y avait pas une seule construction au sud de la baie, et maintenant, c'est plein de maisons superbes.

Cécilia murmura quelques banalités : les habitants de Caverna Bay et les résidents permanents comme elle n'avaient rien de commun avec les gens de la côte sud. Ces derniers étaient pour la plupart des médecins et des avocats venus de San Francisco qui se faisaient construire des résidences d'été. La plus récente de ces villas de luxe se trouvait sur une hauteur qui dominait toute la baie. Cette construction à l'architecture ambitieuse, qui mêlait le bois de cèdre, le verre et la pierre, appartenait, disait-on, à une célèbre vedette de la télévision.

Trev examinait la vitrine de bijoux.

– Vous préparez un nouveau livre? demanda-t-elle.

Il ne semblait pas avoir envie de bavarder. Il y eut un silence gênant.

– Pas pour tout de suite, répondit-il enfin. Je ne suis pas vraiment un écrivain. Je suis géologue et je suis en train de monter ma propre affaire de prospection de minerais.

– Cela vous donnera peut-être l'occasion de faire de nouvelles expériences intéressantes, murmura Cécilia.

– La prochaine fois, je prendrai un photographe avec moi comme témoin, dit-il sarcastique.

Cécilia rougit. Il faisait allusion à ce qu'elle lui avait crié sur la plage...

– Je regrette ce que j'ai dit, déclara-t-elle tout en époussetant la caisse. (Elle remit une boîte en place sur les rayons.) J'ai lu votre livre, je l'ai trouvé très intéressant.

– Je vous remercie.

– Tant de violence et d'injustice, comment est-ce possible de nos jours?

– Tout ce que je raconte est vraiment arrivé, dit-il sèchement.

Cécilia frémit. Elle se rappelait le passage où il racontait en détail comment un gardien de prison avait essayé de le tuer. La cicatrice était toujours là pour témoigner qu'il existait des hommes armés de couteaux ou de fusils, qui n'hésitaient pas à se faire à la fois procureur, juge et bourreau.

Un couple d'âge mûr venait de pousser la porte. L'homme traînait un air d'ennui, tandis que sa femme manifestait bruyamment son enthousiasme. Elle finit par se décider pour un mobile très élaboré. Tout en faisant le paquet, Cécilia vit le coin d'un livre qui dépassait du sac de la dame. C'était le livre de Trev. Cécilia se demanda quelle serait la réaction de sa cliente si elle apprenait qu'elle se trouvait en face de l'auteur. Mais Trev n'avait pas l'air d'humeur à signer des autographes.

Une fois le couple parti, Trev, qui lui avait tourné le dos pour regarder la rue, revint vers elle.

– Avez-vous des nouvelles de la fille du missionnaire qui vous a aidé dans votre évasion? demanda Cécilia avec intérêt.

Trev secoua la tête.

– Je préfère ne pas en parler, si cela ne vous ennuie pas. Je voudrais oublier tout ça.

Sa voix était mordante.

– Je ne voulais pas être indiscrète, dit Cécilia vexée.

Comme il ne répondait pas, elle sentit monter la colère. Evidemment, une conversation avec elle ne pouvait rien lui rapporter. Alors...

– C'est une drôle d'idée d'écrire un livre pour essayer d'oublier, fit-elle remarquer d'un ton aigre.

– J'ai écrit ce livre pour... pour me libérer, dit-il. Les souvenirs me hantaient, même la nuit. J'en avais des cauchemars. Pour m'en sortir, quelqu'un m'a suggéré de les raconter. A l'époque je ne savais pas que cela deviendrait un livre. (Il répugnait visiblement à se confier. Ses traits se crispèrent.) On dirait que les gens attendent qu'on leur donne du sang et de la violence.

– Et du sexe, murmura-t-elle.

Il se mit à rire.

– Malheureusement, je n'ai pas pu surveiller le scénario comme il aurait fallu. Dans les milieux du cinéma, j'ai rencontré des gens capables de transformer des recettes de cuisine sans sel en ouvrages érotiques!

Son rire cessa soudain. Il la fixa du regard et reprit d'une voix dure :

– Je n'ai pas la prétention d'être un saint, et les circonstances étaient toutes différentes, dit-il enfin. Encore une fois n'en parlons plus. C'est vous qui faites ces choses?

Sa main bronzée s'était posée sur un des objets créés par elle avec des morceaux de bois.

Elle le dévisagea, surprise par ce brusque changement de conversation. A son air sombre, elle comprit qu'il ne souhaitait pas revenir sur ce qui s'était passé autrefois. Elle ne s'attendait pas à cela. Elle aurait cru qu'il était de ceux qui prennent un malin plaisir à vous raconter en détail des scènes d'horreur où ils ont toujours le beau rôle.

– Oui, c'est presque entièrement fait avec ce que je trouve sur les plages, dit-elle en se demandant si cela l'intéressait vraiment.

– Et cette marine?

– C'est l'œuvre d'un de mes amis qui fait de la peinture. Il fait aussi des paysages très colorés, dans le style naïf, qui ont beaucoup de succès.

– Votre petit ami? demanda-t-il à brûle-pourpoint.

– Non. (Elle eut comme une hésitation.) Juste un ami.

Il refit le tour de la boutique. Il avait l'air agité,

comme quelqu'un qui se sent à l'étroit. Cécilia se doutait bien que sa visite devait avoir un motif, et pourtant il ne se décidait pas à parler.

– Vous habitez ici depuis longtemps? demanda-t-il.

– Presque quatre ans. C'était la boutique de ma tante. Elle est morte l'année dernière en me laissant le magasin.

Il passa le doigt sur des boucles d'oreilles en agate.

– Et pourquoi êtes-vous venue? Il n'y a pas tellement de distractions ici, pour une jeune et jolie fille comme vous.

« Une jeune et jolie fille »... Il devait la prendre pour une enfant au biberon.

– On ne s'ennuie pas pendant la saison, dit-elle comme pour se défendre. Et puis, il y a les petites plages tranquilles, les forêts de séquoias, et la mer par gros temps. Je crains que nous n'ayons pas les mêmes goûts.

Il eut un vague sourire.

– Vous n'avez pas répondu à ma question.

– Après avoir terminé mes études, je suis venue ici un été pour aider ma tante, expliqua-t-elle. Mais elle est tombée malade et... et je n'ai pas pu la quitter.

– Et maintenant vous vous occupez de ma grand-mère, et des mouettes en difficulté.

Il avait pris un ton moqueur.

– Je ne vois pas ce qu'il y a de drôle à cela, répondit-elle sèchement. D'ailleurs, je dois beaucoup à Mme Barrone, c'est elle qui m'a servi de famille depuis un an.

Il se retourna une nouvelle fois vers la rue. Elle l'observait du coin de l'œil tout en faisant mine de redresser un tableau. Sous un vernis de raffinement et d'urbanité, un homme rude, aux forces indomptées, se cachait en lui.

D'une voix polie, il lui demanda :

– Vous avez des parents?

Elle le regarda sans comprendre. Elle avait perdu le fil de la conversation.

– Vous disiez que ma grand-mère vous tenait lieu de famille, lui rappela-t-il. Et vos parents?

– Ils se sont tués en voiture, juste après mon arrivée, à Caverna Bay.

– Je suis désolé.

Il avait l'air sincère. Cécilia se souvint qu'il avait perdu son père quand il était tout jeune, lui aussi. Elle éprouva un sentiment de sympathie qu'elle réprima aussitôt.

– Monsieur Barrone..., commença-t-elle, nerveuse.

– Appelez-moi Trev, proposa-t-il avec un léger sourire. En somme, vous êtes de la famille.

Cécilia crut déceler une note d'ironie dans sa voix et préféra ignorer ses dernières paroles.

– Monsieur Barrone, si vous n'êtes pas venu pour me parler de mon genou, et si vous n'êtes pas venu non plus pour me parler de votre livre, pourquoi donc êtes-vous ici?

– Eh bien... (Il hésita un instant.) Eh bien, je suis venu vous demander un service.

Pour Trevor Barrone, demander un service ne semblait pas chose facile. Il lui avait fallu beaucoup de temps pour en venir au fait. Un muscle tressaillit sous sa cicatrice. Il devait s'en vouloir de cet aveu de faiblesse, se dit Cécilia avec une certaine ironie. Elle se retint de répondre, curieuse avant tout d'entendre ce qu'il avait à dire. Elie attendit, en s'efforçant de paraître indifférente.

– Comme vous le savez, commença-t-il, je comptais repartir pour Palm Springs avec ma grand-mère.

Cécilia acquiesça.

– Elle ne veut pas venir avec moi.

Il semblait indigné. Il ajouta, non sans irritation :

– J'aimerais que vous tentiez de la raisonner. Elle vous estime beaucoup, je pense qu'elle vous écoutera.

Qu'est-ce qui exaspérait le plus Trev Barrone : l'attitude obstinée de sa grand-mère, ou l'obligation où il se trouvait de demander l'aide de Cécilia?

– Peut-être pourriez-vous lui montrer des photos de votre nouvelle demeure, suggéra-t-elle.

– Ne plaisantez pas, dit-il, fâché. J'ai bien vu que mon projet de l'emmener ne vous plaisait guère. Mais en y réfléchissant, vous vous apercevrez que c'est la meilleure solution.

– Vous a-t-elle dit pourquoi elle refusait? finit par demander Cécilia.

Trev haussa les épaules.

– Elle dit qu'elle est ici depuis des années, et qu'elle s'y sent bien.

– Il est certain que les gens âgés ont du mal à supporter de tels bouleversements, murmura Cécilia.

– Allez-vous lui parler? demanda-t-il.

– Mais si elle est décidée à rester...

– Bon sang, pensez à tout ce qu'elle aura! (Il semblait hors de lui.) Un temps sec et chaud à la place de cette humidité glaciale, des soins médicaux, une excellente nourriture, une maison agréable avec tout le confort. Elle pourra y faire pousser toutes les plantes vertes qu'elle voudra.

– Est-ce qu'elle ne pourrait pas rester tranquillement ici et aller chez vous de temps en temps?

Il se mit à l'observer et son expression se fit plus dure.

– Soyez honnête avec vous-même, dit-il d'une voix brusque. Est-ce vraiment à elle que vous pensez?

– Bien sûr, rétorqua vivement Cécilia. C'est ici qu'elle a ses amis...

Comme il la dévisageait fixement, elle se troubla et ne put continuer. Même s'il en allait de l'intérêt de Mme Barrone, est-ce qu'elle n'avait pas choisi de condamner ce projet rien que pour s'opposer aux décisions de Trevor?

Comme il l'avait fait remarquer, Mme Barrone serait entourée des soins les plus attentifs, et le climat serait bien meilleur pour elle. Cécilia avait coutume de lui rendre visite deux fois par semaine pendant la saison d'été, et au moins un jour sur deux l'hiver. Mais si jamais Mme Barrone était victime d'un malaise ou d'une chute alors qu'elle se trouvait seule, les secours risquaient d'arriver trop tard. Et pourtant, même si on agissait pour son bien, il était facile d'imaginer ses réactions si on l'obligeait à quitter la maison où elle avait toujours vécu. Et Cécilia n'était-elle pas aussi un peu égoïste? Si elle s'opposait à ce départ, n'était-ce pas aussi parce que la vieille dame allait lui manquer?

– Cela vous soulagerait d'un fardeau, fit remarquer Trev. Une jolie fille comme vous doit avoir autre chose à faire que de supporter les bavardages d'une vieille dame.

– Mme Barrone est une amie, pas un fardeau, répliqua Cécilia indignée. Et si vous la tenez pour une vieille dame trop bavarde, je comprends qu'elle n'ait pas envie de vous suivre!

– Ce n'est pas ce que je voulais dire, s'excusa-t-il d'un ton bourru. Je ne veux rien d'autre que son bien.

– Si vous dites vrai, pourquoi ne pas lui demander tout simplement ce qu'elle désire? lança Cécilia.

– Ce qu'elle désire avant tout, grommela Trev, c'est de me savoir enfin marié à une douce et charmante jeune fille, dans une charmante maison, et naturellement avec de charmants bambins; sans oublier un chien.

Il avait l'air hors de lui.

– Et vous n'avez pas la moindre intention de prendre pour femme une douce et charmante jeune fille, j'imagine, remarqua Cécilia.

Elle avait du mal à ne pas rire. Elle pensait à Mme Barrone, un doigt menaçant levé vers Trev, lui intimant l'ordre de prendre pour épouse une fille douce et simple – et pourquoi pas simplette? Sa grand-mère ne voulait pas le comprendre et Trev Barrone en était visiblement agacé. Peut-être avait-il enfin trouvé un adversaire à sa hauteur, se dit Cécilia avec une certaine satisfaction.

– Il n'y a pas de quoi rire, dit-il d'une voix rageuse, l'œil mauvais.

Comme elle se contentait de hausser les épaules avec indifférence, il esquissa un sourire amusé.

– Peut-être que si, dans le fond.

– Pas vraiment, finit par dire Cécilia, réprimant de nouveau son envie de rire. Elle vous aime beaucoup, vous savez. En fait, vous êtes son seul intérêt et son seul souci dans la vie.

– Moi aussi je l'aime beaucoup. Mais en ce qui concerne ma femme, je m'en occuperai moi-même, merci bien.

Son choix est peut-être déjà fait; sans doute quelque starlette bien en chair, se dit Cécilia qui préféra ne pas insister. L'essentiel, c'était Mme Barrone et non Trevor, marié ou pas.

Il revint à la charge.

– Vous allez lui parler, n'est-ce pas?

Cécilia s'affairait devant une de ses vitrines.

– Je verrai ce que je peux faire, dit-elle sans se compromettre.

Trev ne parut guère satisfait de cette réponse. Il lui fit un bref signe de tête et se retrouva à la porte en trois enjambées. Il la tira derrière lui d'un geste brusque et la clochette continua de tinter longuement après son départ. Elle le vit se glisser dans sa Ferrari et entendit claquer la portière.

De toute évidence, Trevor Barrone n'avait pas l'habitude d'obtenir des femmes des réponses aussi évasives. Et il leur posait sans doute des questions d'une tout autre nature...

Il valait mieux qu'elle pense à autre chose. Mais ce n'était pas facile. Trev lui avait dit qu'il la trouvait « gentille » sur un tel ton de moquerie qu'elle ne pouvait guère le prendre comme un compliment. Finalement, il n'y avait que les beautés tapageuses pour plaire à Trevor Barrone. Ce trouble qu'elle avait ressenti lorsqu'il l'avait attirée à lui sur la plage, d'autres l'avaient sûrement ressenti avant elle... De toute façon, il partait dans quelques jours et elle n'entendrait plus parler de lui.

Elle était décidée maintenant à essayer de convaincre Mme Barrone de le suivre.

Mais, non sans une certaine perfidie, Cécilia décida d'attendre encore quelques jours. Trev n'avait qu'à patienter. Pour une fois, elle lui offrirait le spectacle d'une femme qui ne se précipitait pas pour faire ses quatre volontés.

Quatre jours passèrent encore avant qu'elle ne reprenne le chemin de la maison de Mme Barrone. La nuit commençait à tomber et la tempête s'était à nouveau levée. Cécilia n'était plus qu'une frêle silhouette dans la pluie et le vent. Cette fois, elle ne portait pas son vieux ciré, ni son informe chapeau de pluie. Elle avait mis une veste de velours serrée à la taille et d'élégantes bottes de cuir à la dernière mode. « Après tout, s'était-elle dit, une femme d'affaire à la page se doit de soigner son apparence. » Pour quelle autre raison aurait-elle bien pu vouloir changer de tenue ?

Elle ressentit une légère déception en constatant que la Ferrari n'était pas rangée devant la maison. Peut-être Trev était-il encore sorti dîner avec sa grand-mère ? Pourtant on voyait de la lumière, et la télévision marchait.

Elle frappa à la porte.

– Vous êtes là, madame Barrone ? appela-t-elle tout en poussant la porte, comme elle en avait l'habitude.

Elle s'arrêta, pétrifiée. Une lampe renversée jetait ses rayons obliques à travers la pénombre. Quelqu'un parlait à la télévision, mais l'image n'était plus qu'une tache de lumière, tandis que le vent et la pluie s'engouffraient dans la pièce par un carreau brisé.

Et derrière une chaise renversée, Mme Barrone, la face tournée vers le sol, gisait parmi des débris de pots cassés et des plantes vertes.

3

Le cœur battant de peur et d'angoisse, Cécilia se précipita vers la vieille dame et, d'une main tremblante, saisit son poignet frêle. Le pouls battait-il encore ? Non... Oui! il lui sembla sentir un très faible reste de vie. Elle arracha la couverture du canapé et en couvrit le corps inerte de Mme Barrone. L'angle anormal que faisait sa jambe droite avait un aspect inquiétant.

La pluie s'engouffrait par la fenêtre. Cécilia cherchait désespérément le téléphone. Elle suivit le fil à tâtons et trouva enfin l'appareil, à côté de la lampe renversée, presque à portée de la main tendue de Mme Barrone.

La liste des numéros à appeler en cas d'urgence était là. C'était Cécilia qui l'avait collée elle-même sur le poste. Cela n'avait pas servi à grand-chose, se dit-elle amèrement. Elle composa un numéro. Caverna Bay n'avait ni hôpital ni médecin, mais seulement une équipe de pompiers, tous volontaires, et une seule ambulance. Elle gardait les yeux fixés sur Mme Barrone qui gisait immobile, comme privée de vie.

L'homme de garde finit par répondre. Il eut vite fait de comprendre la gravité de la situation.

L'ambulance allait arriver dans quelques instants. Le garage n'était qu'à peu de distance. Cécilia retourna vers Mme Barrone et l'enveloppa d'une deuxième couverture pour éviter qu'elle ne prenne froid. Le poêle chauffait au maximum, mais l'air humide et glacé continuait à souffler par la fenêtre. A l'aide des couvertures de la chambre à coucher, Cécilia parvint à colmater plus ou moins l'ouverture, et le courant d'air se fit moins violent.

Puis elle jeta un regard alentour. Elle n'eut pas de peine à comprendre ce qui s'était passé. Mme Barrone avait voulu grimper sur une chaise pour changer une de ses plantes suspendues. Mais la plante était trop lourde pour elle, à moins encore qu'elle n'ait perdu l'équilibre. Tandis que le pot passait à travers la vitre, elle était tombée, entraînant d'autres plantes dans sa chute.

Tout est de ma faute, se dit Cecilia, pleine de remords et d'angoisse. Elle s'était toujours occupée des plantes de Mme Barrone. Mais comme elle avait interrompu ses visites, Mme Barrone avait voulu faire le travail elle-même. Cécilia se reprochait son obstination à vouloir prouver qu'elle n'était pas au service de Trev.

Elle interrompit soudain le cours de ses pensées. Encore sous le choc du spectacle qui s'offrait à ses yeux, elle avait oublié jusqu'à l'existence même de Trev. Mais maintenant la question se posait : où était-il passé? Où était donc le célèbre auteur, qui se disait tellement attaché à sa grand-mère?

Très contrariée, Cécilia décida de vérifier s'il occupait toujours la chambre d'amis. Elle n'allait pas lui demander son avis avant d'entrer. Et si jamais il avait emporté ses affaires...

Elle en était là de ses réflexions quand arriva l'ambulance, dans un hurlement de sirène. Cécilia s'arrêta dans son élan, et se précipita vers la porte.

Deux hommes entrèrent avec une civière et la saluèrent d'un signe de tête.

– Qu'est-ce qui se passe?

Il valait mieux ne pas entrer dans les détails.

– Je ne sais pas. Voilà comment je l'ai trouvée, et je ne peux pas vous dire quand c'est arrivé.

L'un des hommes s'agenouilla près de Mme Barrone. Après lui avoir tâté les veines du poignet et du cou, il hocha la tête :

– Elle vit encore, mais tout juste.

La vieille dame n'ouvrit pas les yeux quand on la déposa sur la civière, mais un souffle à peine perceptible s'exhala de ses lèvres blêmes.

Cecilia décida de les accompagner en ambulance jusqu'à l'hôpital. Elle n'avait pas le temps de passer prendre sa voiture. Elle verrait plus tard comment rentrer.

Les hommes montèrent à l'avant, et Cécilia s'installa derrière, à côté de Mme Barrone. Elle prit la main de la vieille dame, toujours inconsciente.

Le parcours lui parut interminable. Malgré le chauffage, Cécilia frissonnait sous sa veste de velours. Elle arrangea les couvertures autour des frêles épaules de Mme Barrone. Sur son front, le sang de sa blessure avait séché. Combien de temps était-elle restée ainsi? Mon Dieu, combien de temps?

Cecilia se reprochait tout ce qui était arrivé. Si seulement elle ne s'était pas montrée si butée, si seulement son antipathie pour Trevor ne l'avait pas poussée à interrompre ses visites chez la vieille dame! Mme Barrone comptait sur elle. Elle aurait dû aller la voir quand Trev le lui avait demandé.

Dire qu'au lieu de se trouver dans cette ambulance, Mme Barrone aurait pu, à cet instant même, être en route pour Palm Springs, où l'attendait une merveilleuse maison toute neuve. Et Trev, où était passé Trev? Devant l'entêtement de sa grand-mère, avait-il purement et simplement décidé de la planter là, renonçant finalement à son projet de l'emmener avec lui?

Non, cela ne ressemblait pas à Trev. Elle n'était pas tellement convaincue de son attachement à sa grand-mère, mais il n'était pas homme à céder aussi facilement devant l'obstination d'une vieille dame. Que s'était-il passé? Une affaire à régler d'urgence avec un éditeur ou un producteur de cinéma? Ou bien un problème d'ordre privé entre lui et l'une de ces ravissantes starlettes? Quoi qu'il en soit, Cécilia n'allait certainement pas lui mâcher ses mots.

L'ambulance s'arrêta devant le service des urgences du petit hôpital de Redwood Valley, et Cécilia suivit la civière. Abandonnant le désordre de son bureau, une infirmière se précipita au-devant d'eux. Un médecin arriva peu après. Cécilia l'accompagna à travers le hall pour tout lui expliquer. Mais, incapable de coordonner les faits, elle se mit à parler sans pouvoir s'arrêter. Les lumières de l'hôpital accentuaient les traits tirés de Mme Barrone, son teint cireux et la trace de sa blessure.

Le docteur interrompit Cécilia pour la prier poliment mais fermement de s'adresser à la réception. Elle retourna donc à l'entrée et répondit aux questions de l'infirmière.

Nom de la malade? Rose Barrone. Domicile? 120 Mill Street, Caverna Bay. Oui, Mme Barrone était assurée sociale. Non, Cécilia n'était pas de la famille, juste une amie. Elle déclara que Trevor était son plus proche parent. Et comment pouvait-on joindre Trevor Barrone?

Cécilia secoua la tête.

– Je ne sais pas.

Elle avisa le téléphone à l'autre bout de l'entrée.

– Je vais essayer de l'appeler chez sa grand-mère.

Elle ne pensait pas que Trev serait rentré mais elle n'avait aucun moyen de le joindre ailleurs. Quelle ne fut pas sa surprise de l'entendre répondre aussitôt :

– Allô !

En quelques mots, elle le mit au courant de tout et lui indiqua où elle se trouvait. Malgré sa mauvaise humeur, elle se retint de lui faire comprendre devant l'infirmière ce qu'elle pensait de lui. Ce serait pour plus tard. Trev déclara qu'il arrivait immédiatement et raccrocha sans ajouter un mot.

Cécilia alla s'asseoir sur une banquette. Puis, ne tenant pas en place, elle se leva et se mit à marcher de long en large. L'odeur d'hôpital était bien la même partout. La sonnerie du téléphone la fit sursauter. L'infirmière prit la communication et après avoir consulté quelques notes, raccrocha.

Cécilia retourna s'asseoir, puis se leva de nouveau pour faire les cent pas. Tandis qu'elle tentait d'imaginer sa prochaine conversation avec Trev, et les propos peu amènes qu'elle lui tiendrait, une vague impression de malaise l'envahit. Ce devait être le décor, ces murs d'un vert livide, cet éclairage trop brutal et cette odeur entêtante.

Elle essayait de chasser de sa mémoire la vision obsédante de Mme Barrone étendue exsangue et sans vie, mais en vain.

L'infirmière vint lui proposer une tasse de café. Cécilia refusa. Elle regardait machinalement quelques notes de service affichées au mur, quand la porte d'entrée s'ouvrit brusquement derrière elle. Trev entra à grands pas.

Toutes les remarques bien senties que Cécilia avait préparées à son intention s'envolèrent dans l'instant. Elle ne ressentait plus qu'un immense soulagement. Elle s'adossa contre le mur, épuisée, comme si la simple présence de Trev l'avait soudain libérée d'un énorme fardeau.

– Où est-elle? demanda-t-il sans autre préambule.

Il portait un costume foncé, avec un polo à col roulé de couleur claire. Ses cheveux noirs étaient mouillés de pluie.

– Elle est avec le docteur et...

Sans même s'arrêter, il se précipita sur l'infirmière.

– Comment va Mme Barrone?

Avec le calme de celles qui en ont vu d'autres, l'infirmière parut sur le point de lui rappeler les bonnes manières. Mais elle se ravisa et disparut dans le couloir. Cécilia l'aurait parié : pour obtenir d'elle une réponse, il aurait fallu lui parler sur un autre ton.

Mais le découragement des dernières heures avait fait place à l'espoir. Avec Trev, les choses n'allaient pas en rester là. Il allait faire tout ce qu'il était possible de faire. Il avait le visage soucieux, mais l'air résolu et sûr de lui.

Devant cette force tranquille, Cécilia eut l'étrange envie de se rapprocher de lui, de se blottir dans ses bras, de laisser enfin couler ses larmes.

Elle se ressaisit aussitôt et leva les yeux vers

lui. En fait, se dit-elle avec mépris, il avait beau prendre des airs supérieurs, il n'en restait pas moins introuvable quand on avait besoin de lui.

Trev marqua un temps d'hésitation, puis s'approcha d'elle et demanda :

– Quand est-ce arrivé?

– Je n'en sais rien. J'ai appelé l'ambulance dès que je l'ai découverte. Je pense... (Le front soucieux, Cécilia, hésitait. Elle semblait avoir perdu toute notion du temps.) Je pense que c'était il y a deux heures. Elle a dû tomber en essayant de transporter une plante sur le bord de la fenêtre.

Il leva les sourcils :

– Je suppose que c'était votre première visite depuis notre discussion?

– Oui. Je voulais lui parler de ce projet de départ pour Palm Springs. Mais j'ai eu beaucoup à faire ces temps-ci... ajouta-t-elle faiblement.

– Je vois.

Il prononça ces mots d'une voix neutre, et pourtant on sentait le mépris dans sa façon de parler. Il revint vers la réception, cherchant l'infirmière d'un œil impatient.

– Si j'avais su que vous n'étiez pas là, je serais allée la voir plus tôt, dit Cécilia sur la défensive.

– Vous cherchiez à m'éviter? demanda-t-il d'un ton beaucoup plus curieux que troublé.

– Votre présence auprès de Mme Barrone rendait la mienne inutile. Je ne pouvais pas imaginer que vous alliez la laisser tomber.

Fermement convaincue de la justesse de ses reproches, Cécilia le défia du regard.

– J'ai dû m'absenter pour affaires, répondit-il

d'un ton cassant. (De toute évidence, il n'avait pas l'intention de se justifier.) J'ai essayé de vous joindre avant mon départ, mais sans résultat. Ma grand-mère m'a dit de ne pas m'inquiéter, qu'elle vous appellerait elle-même.

– L'accident a dû se produire peu après votre départ, sinon elle m'aurait fait signe. Combien de temps vous êtes-vous absenté? questionna Cécilia d'une voix mal assurée.

– Environ trois jours.

Trois jours... Le sang se figea dans ses veines. Trois jours pendant lesquels cette pauvre Mme Barrone était peut-être restée là étendue, sans soins... Quelles chances avait-elle de s'en tirer dans ces conditions?

L'infirmière revint et se dirigea droit sur Trev :

– Mme Barrone a été placée en service de réanimation. Le docteur va venir vous parler dans quelques minutes.

S'appuyant des deux mains sur le bureau, Trev se pencha vers l'infirmière :

– Ecoutez-moi bien : je veux pour elle tout ce qu'on peut faire de mieux. S'il faut un spécialiste, j'en ferai venir un par avion. Et si, comme c'est à craindre, cet hôpital ne possède pas l'équipement nécessaire, préparez-vous à la faire transporter à San Francisco.

L'infirmière fut piquée au vif.

– Enfin, monsieur Barrone, que croyez-vous...

– Peu importe ce que je crois, écoutez plutôt ce que je dis.

Puis il fit demi-tour, signifiant à l'infirmière qu'elle pouvait disposer. Celle-ci ne parut pas démontée pour autant. Cécilia n'avait aucun mal à s'imaginer ce qu'elle pouvait ressentir. Elle frémit quand l'œil noir de Trev vint se fixer sur elle et une colère sourde l'envahit soudain. C'était bien beau de prendre des airs supérieurs. Qu'avait-il fait lui-même pour sa grand-mère pour se permettre d'être aussi exigeant?

– Bravo! dit-elle, sarcastique. (Elle se souciait peu de savoir si l'infirmière pouvait les entendre.) Vous demandez qu'on se coupe en quatre pour votre grand-mère. Mais vous-même, qu'avez vous fait pour elle pendant toutes ces années? Elle aurait certainement mieux apprécié votre sollicitude lorsqu'elle était en bonne santé, vous ne croyez-pas?

– Depuis un an, je...

– Bien entendu! Une télévision, un poêle, un four. Ne savez-vous pas qu'elle se moque de ce genre de choses? Avez-vous regardé son album? Ce n'est pas un catalogue d'articles ménagers. On n'y voit que vous, toujours vous, seulement vous.

– Je vous en prie, mademoiselle, c'est un hôpital ici, lui fit remarquer l'infirmière.

Sans même s'en apercevoir, elle s'était mise à crier. Impassible, Trev n'avait pas bougé. Cécilia baissa le ton, mais elle n'en avait pas encore terminé.

– Après tant d'années d'absence, il ne suffit pas de décréter tout à coup que rien n'est assez bien pour elle. Le plus bel enterrement du monde, ça n'est pas une grande satisfaction.

– C'est si grave que cela? demanda-t-il.

– Je... je ne sais pas, balbutia Cécilia.

Elle avait du mal à se remettre de son accès de colère, d'autant plus qu'elle se sentait tout aussi coupable que Trev Barrone. Si seulement elle était allée voir la vieille dame plus tôt...

Ils furent interrompus par l'arrivée d'un médecin. L'air jeune, les cheveux blonds, c'était à lui que Cécilia avait longuement parlé en arrivant. Une infirmière lui tendit quelques papiers à signer.

– Vous êtes des parents de Mme Barrone? interrogea-t-il.

– Je suis Trev Barrone, son petit-fils. (Et désignant Cécilia de la tête :) Et voici Mlle Christopher, une amie.

– Dr Hegelson.

Tout le monde se serra la main. Cécilia faillit piquer une crise de nerfs. On était là, entre gens bien élevés, à échanger des politesses, tandis qu'à deux pas d'ici, Mme Barrone allait mourir.

– Comme l'infirmière a dû vous le dire, nous avons transféré Mme Barrone dans nos services de réanimation. Elle a subi un choc traumatique violent et ses réactions sont très faibles. Elle a une fracture de la hanche droite, mais étant donné son état, nous ne pouvons pas opérer pour le moment. Elle souffre aussi de coupures et de contusions diverses. Je pense qu'elle a fait une chute consécutive à une congestion cérébrale.

– A-t-elle des chances de s'en sortir? demanda Trev.

– Je ne peux pas encore me prononcer, répondit le docteur après réflexion.

Cécilia serra les lèvres. Elle ne s'attendait pas à autre chose mais, malgré tout, les mots du docteur lui causèrent un terrible choc. Elle lança un regard vers Trev. Il avait l'air impassible, mais un muscle s'était mis à trembler imperceptiblement le long de sa joue. Malgré sa colère, Cécilia se sentit émue. Peut-être n'était-il pas entièrement de marbre, après tout.

– Il n'y a vraiment rien à faire? demanda Trev.

La froideur de sa voix détruisit d'un coup la fugitive impression de Cécilia.

– Je n'ai pas dit cela...

– Appeler un spécialiste? La transférer dans un autre hôpital?

Le docteur réagit moins vivement que l'infirmière à ces suggestions.

– Un de mes confrères, le Dr Martin, doit m'appeler d'un instant à l'autre. Quant à la transporter, je crains que ce soit impossible pour le moment.

– Comme je l'ai dit tout à l'heure à l'infirmière, si vous avez besoin de quoi que ce soit...

– Elle est en très bonnes mains, monsieur Barrone.

Cécilia savait que le docteur ne pouvait pas en dire plus, mais sa réponse ne laissait-elle pas planer un doute? Lorsqu'il eut disparu dans le couloir, Trev se tourna vers la jeune fille.

– Vous êtes venue en voiture? demanda-t-il.

– Non, avec l'ambulance.

– Alors je vous ramène.

Pour lui, c'était chose faite. Il ne lui avait même pas demandé son avis. Il la prit par le bras et l'entraîna vers la sortie.

Cécilia se dégagea brusquement.

– Je ne rentre pas. Il n'est pas question de laisser votre grand-mère...

– Vous ne pouvez rien faire pour elle.

– Et vous, que pouvez-vous pour elle? répliqua Cécilia. A quoi peut bien lui servir maintenant une maison à Palm Springs? Vous croyez qu'on peut tout obtenir avec de l'argent?

– Ce qui est fait est fait! s'emporta Trev. Si

vous me critiquez sans trêve, nous n'en serons pas plus avancés pour autant. Et maintenant, nous rentrons.

– Non, dit Cecilia. (Elle avait la gorge serrée). Je... je suis désolée, excusez-moi, mais je suis à bout de nerfs. J'aurais dû lui rendre visite plus tôt. Elle n'aurait pas essayé de déplacer les plantes toute seule, et rien ne serait arrivé.

L'expression de Trev se fit moins dure.

– Je crois que nous avons besoin tous les deux d'une bonne tasse de café.

Ils empruntèrent un couloir pratiquement désert. L'hôpital ne semblait pas débordant d'activité. Ils finirent par trouver la cafeteria. A cette heure-ci, il ne restait que du café soluble. Ils se livrèrent au rituel habituel : ils ouvrirent le sachet, versèrent l'eau bouillante, se passèrent poliment le lait, puis le sucre. Seuls dans la salle, ils ne ressentaient ni l'un ni l'autre le besoin d'engager la conversation.

– Croyez-vous qu'elle ait une chance de s'en tirer? finit par demander Cécilia.

– Vous qui étiez avec elle, vous êtes mieux placée pour répondre à cette question, fit remarquer Trev. A votre avis?

La gorge serrée, Cécilia fit signe que non de la tête.

Après le café, ils découvrirent au détour d'un couloir une petite salle d'attente confortable. Trev retourna voir l'infirmière. Trev avait raison. Cécilia savait que sa présence était inutile. Et pourtant, elle n'avait pas le courage de rentrer et d'attendre chez elle près du téléphone. Trev revint, n'ayant rien appris de plus.

La nuit fut longue. Après avoir lu un peu et pris un deuxième café, Cécilia se mit à somnoler.

Quand elle rouvrit les yeux, les lumières étaient en veilleuse et on avait pris soin de la recouvrir de sa veste pour qu'elle ne prenne pas froid. Trev, les mains dans les poches, était debout près de la grande fenêtre donnant sur le couloir. Cécilia sentait faiblir ses sentiments d'animosité envers lui. S'il avait été vraiment indifférent au sort de sa grand-mère, il ne serait pas resté toute la nuit à veiller.

Elle s'assoupit à nouveau, dans une position inconfortable, la tête sur le côté, se réveillant en sursaut chaque fois qu'elle la laissait retomber. A un moment, elle eut la vague impression qu'on cherchait à lui caler la nuque, et elle se rendormit d'un sommeil profond.

Quand elle se réveilla, elle fut éblouie par le clignotement des tubes de néon dans le couloir. Elle était tout engourdie, mais malgré ses courbatures, elle sentait comme une douce chaleur qui lui ôtait l'envie de bouger. Elle se pelotonna frileusement, et laissant retomber sa tête, elle ferma les yeux...

Elle les rouvrit aussitôt quand elle sentit que sa joue ne reposait pas, comme elle l'avait cru, sur un oreiller, mais sur l'épaule de Trev. Les jambes allongées devant lui, il avait un bras passé autour de sa taille. Ils étaient mi-assis mi-couchés sur la banquette, serrés l'un contre l'autre, les vêtements en désordre.

Cécilia se sentit affreusement gênée. Depuis combien de temps se trouvaient-ils dans cette position? Sa gêne fit place à l'indignation, puis à la colère. Comment avait-il osé?

Elle tenta de se dégager pour s'asseoir. Mais dans son sommeil, Trev resserra son étreinte et l'attira plus près de lui. Son geste, parfaitement inconscient, ne signifiait rien, mais Cecilia s'arrêta de respirer. Son cœur se mit à battre de façon désordonnée. Elle leva les yeux vers lui, en proie à un grand trouble.

Il avait la tête rejetée en arrière sur la banquette, ce qui dégageait son cou puissant. Une mèche de cheveux noirs lui barrait le front. Il ne s'était pas rasé depuis la veille et l'ombre bleue qui commençait à marquer son visage accentuait encore sa virilité. Sa barbe naissante faisait ressortir la cicatrice qui courait sur sa joue, et sans même réfléchir, elle la caressa légèrement du doigt.

A son contact, elle fut prise d'un brusque frisson. Doucement, elle tendit la main et remonta les vêtements dont il avait pris soin de les recouvrir tous les deux. Elle sentait la chaleur rassurante de son corps musclé. Soucieuse de ne pas le réveiller, elle revint se caler au creux de son bras, et posa la tête sur sa poitrine.

Pourquoi se conduisait-elle de cette façon? se demanda-t-elle, contrariée, tout en écoutant le cœur de Trev battre à grands coups réguliers. De quel droit profitait-il ainsi de son sommeil? Pourquoi n'était-elle pas déjà debout, en train de lui reprocher son audace? Sans doute parce qu'il était, lui aussi, très fatigué. Parce qu'il avait besoin de repos...

C'est ce qu'elle essayait de se dire, mais elle savait bien que l'explication était ailleurs. Elle ne voulait pas s'avouer qu'elle avait senti s'éveiller en elle une sensation inconnue et troublante, un désir de tout son être, qui n'avait rien à voir avec la raison.

Elle avait conscience du rythme régulier de la respiration de Trev, des battements de son cœur, de la tiédeur de son souffle sur sa joue, de la chaleur de son corps tout contre le sien...

Et cependant, elle se rendormit. Un léger mouvement, puis une main qui se posait sur ses cheveux la réveillèrent à nouveau. Elle plongea dans les yeux bleus de Trev un regard horrifié.

– J'ai dû m'assoupir... dit-elle, éperdue.

– Vous avez passé une bonne nuit? demanda-t-il négligemment.

– Oui... Non, bégaya-t-elle, gênée de le sentir si près d'elle.

Il semblait s'amuser de sa confusion. Le bras de Cécilia passé autour de sa taille et leurs deux corps étroitement rapprochés, n'avaient pas l'air de le troubler le moins du monde. Il a peut-être l'habitude de se réveiller dans des bras inconnus, mais pas moi, pensa Cécilia avec irritation.

– Etes-vous allé prendre des nouvelles de votre grand-mère? demanda-t-elle en s'efforçant de garder un ton détaché, tandis qu'elle se dégageait pour remettre un peu d'ordre dans ses vêtements.

Elle comprit aussitôt l'absurdité de sa question, puisqu'ils étaient couchés ensemble depuis des heures... Aussitôt elle se sentit rougir. On aurait pu croire que... Non, ce n'était pas ce qu'elle avait voulu dire, mais plutôt... Bah! aucune importance, pensa-t-elle, furieuse.

– Vous auriez pu me demander mon avis avant de... avant de...

Elle s'en étranglait de colère.

Il lui jeta un regard amusé, tout en s'étirant de tout son long. Il ne faisait rien pour la tirer d'embarras.

– Pour que vous preniez vos grands airs et me

répondiez par un glacial « non merci »? Comme ça nous aurions passé une très mauvaise nuit, chacun de notre côté. N'était-ce pas beaucoup plus agréable ainsi?

Agréable! Cécilia, le souffle coupé, sentit le rouge lui monter au front. Elle tira sur sa veste, dégagea la manche sur laquelle Trev était étendu et se redressa d'un pas incertain. Trev la regardait attentivement. Elle s'empressa d'arranger son chemisier du mieux qu'elle put, puis essaya, en vain, de se recoiffer.

Trev se leva enfin, se passa une main dans les cheveux, et rajusta sa veste. On n'aurait jamais dit qu'il venait de passer la nuit sur une banquette d'hôpital. Il avait l'air frais et dispos.

– Pourquoi ne pas vous rendre aux toilettes et vous refaire une beauté? Je vais prendre des nouvelles de ma grand-mère et je vous retrouve à la cafeteria.

Elle acquiesça et s'éloigna sans plus attendre, heureuse de se retrouver seule. Elle ne voulait plus penser à cette nuit pendant laquelle ils avaient été si intimement serrés l'un contre l'autre.

Cécilia voyait l'hôpital reprendre vie peu à peu. Dans le couloir, les tables roulantes étaient garnies des plateaux du petit déjeuner. Une infirmière, poussant un chariot de médicaments, passait de chambre en chambre avec une efficacité toute professionnelle.

Elle se passa le visage à l'eau fraîche et se frictionna la joue comme pour effacer une marque là où elle l'avait posée sur la poitrine de Trev... Quelques coups de peigne remirent de l'ordre dans sa coiffure, mais elle s'aperçut qu'elle avait oublié son nécessaire de maquillage.

Elle n'avait même pas emporté de rouge à lèvres. Après tout, se dit-elle tristement, Trev serait certainement tout aussi étonné s'il pouvait voir ses starlettes à l'état de nature!

A son retour, Trev ne lui accorda qu'un simple coup d'œil et ne fit aucun commentaire. Il se contenta de dire brièvement :

– Il y a un médecin avec elle en ce moment. Nous pourrons le voir tout à l'heure. En attendant, tâchons de trouver quelque chose à manger.

Elle acquiesça. En tout cas, Mme Barrone n'était pas morte. Cécilia était convaincue qu'elle ne pourrait rien avaler, mais la vue des œufs brouillés au jambon et l'odeur du vrai café lui rendirent son appétit habituel. Leur conversation ne fut guère plus animée que la veille au soir. Ce qui n'était pas pour étonner la jeune fille. Seule Mme Barrone établissait un vague lien entre eux. Et aussi, se rappela-t-elle avec un brusque sentiment de gêne, cette nuit passée ensemble. Avec combien d'autres pouvait-il se vanter – ou se plaindre – d'avoir passé une nuit aussi peu agitée? se demanda-t-elle, non sans ironie.

Ils retournèrent ensuite dans la salle d'attente où ils devaient rencontrer le médecin. Le Dr Martin, comme il se présenta lui même, leur expliqua à peu près la même chose que ce que leur avait déjà dit le Dr Hegelson.

– J'aurais aimé être plus encourageant, leur avoua-t-il à regret. Mais pour être franc, je suis même étonné qu'elle ait passé la nuit.

– Est-ce qu'elle est consciente? demanda Trev.

– Pendant ma visite, elle a ouvert les yeux,

mais je ne suis pas certain qu'elle comprenne quoi que ce soit.

– Pouvons nous la voir? demanda Cecilia.

Le docteur, après un temps d'hésitation, finit par acquiescer.

– Je n'y vois pas d'inconvénient. Je vais dire à l'infirmière de vous laisser entrer quelques minutes.

Il était évident qu'il venait de leur accorder le droit d'une dernière visite, et que la fin était proche. Cécilia, la gorge serrée, avait les larmes aux yeux en pensant à celle qui avait été une vraie grand-mère pour elle.

Le docteur avait passé la porte et Cécilia s'apprêtait à lui emboîter le pas, quand Trev la retint par le bras. Elle le regarda, surprise.

– Vous ne voulez pas la voir? lui demanda-t-elle.

– Bien sûr que si!

Il avait l'air d'hésiter. Son attitude et sa mine renfrognée rappelèrent à Cécilia la façon dont il s'était comporté dans son magasin, le jour où il était venu lui demander de l'aider à convaincre sa grand-mère.

– Peut-être préférez-vous la voir seul?

– Non, je... j'ai beaucoup réfléchi, la nuit dernière. Vous avez raison, dit-il en grommelant. J'aurais dû m'occuper d'elle quand elle pouvait encore profiter de la vie.

– Eh bien, il est trop tard maintenant.

Elle avait répondu plus brutalement qu'elle n'aurait voulu, mais il n'était pas question de lui faire des excuses. Il fallait qu'il prenne enfin conscience de sa coupable négligence envers l'adorable vieille dame qui ne pensait qu'à son petit-fils.

– Peut-être que non..., murmura Trev. Il n'est peut-être pas trop tard pour lui offrir ce qu'elle désire par-dessus tout.

Cécilia était très intriguée. Que pouvait-il bien trouver à lui offrir dans des circonstances pareilles? Elle l'interrogea du regard.

– Ce qu'elle désire depuis longtemps, c'est de me voir enfin marié...

– ... à une jeune fille « gentille et raisonnable », enchaîna Cécilia. Mais je ne vois pas très bien comment vous allez faire pour que ce vœu se réalise dans les minutes qui viennent. A moins que vous n'ayez déjà secrètement résolu le problème lors de votre dernier voyage « d'affaires »?

– Bien sûr que non, marmonna-t-il. Ne dites donc pas de sottises.

– Alors, je ne vois pas bien...

– Je ne peux pas encore lui présenter ma femme, reconnut-il. (Il hésita.) Mais nous pourrions peut-être lui annoncer que nous avons l'intention de nous marier, vous et moi.

Abasourdie, Cécilia resta la bouche ouverte, sans mot dire. Elle s'écria enfin :

– Vous ne parlez pas sérieusement! Nous ne pouvons tout de même pas lui faire tout bonnement un mensonge!

– Même si cela pouvait la rendre heureuse et adoucir les dernières heures de sa vie? demanda-t-il. Ecoutez-moi : c'est vous qui aviez raison. Pour une fois, je voudrais lui offrir mieux qu'un... qu'un four à micro-ondes. Je voudrais lui procurer la paix de l'âme en lui annonçant mon mariage, ou mon futur mariage, avec quelqu'un selon son cœur. C'est la seule chose que je puisse encore faire pour elle maintenant.

– Mais lui raconter des mensonges, la tromper...

– Ne croyez-vous pas qu'un peu de bonheur, pour le temps qui lui reste à vivre, cela vaut bien un petit mensonge?

– Mais si elle n'a pas toute sa connaissance, protesta Cécilia, elle ne comprendra même pas ce que vous voulez lui dire.

Un léger sourire flotta sur ses lèvres :

– Dans ce cas, ce que nous lui dirons ou non n'a aucune importance.

Cécilia se mit à aller et venir dans la salle d'attente. Elle ne savait pas quoi penser de cette proposition. Mais c'était au moins la preuve que Trev avait vraiment cherché à faire plaisir à sa grand-mère. Elle commençait à le voir sous un jour différent.

– Ecoutez, je vous demande de faire cela pour elle, pas pour moi. Si elle n'est plus en état de comprendre ce que nous voulons lui dire, alors tant pis, nous serons arrivés trop tard. Mais si elle nous entend, alors...

– Alors elle mourra heureuse, enchaîna Cécilia.

– Dans la mesure où c'est une chose possible, conclut Trev amèrement.

Cécilia s'était remise à marcher de long en large, tout en se tordant nerveusement les mains. Tout en elle se révoltait contre un pareil mensonge. Pouvait-elle abuser de la crédulité de cette vieille dame qu'elle aimait tant? Et pourtant, si cela pouvait la rendre heureuse et lui apporter la paix de l'esprit...

– Pensez-vous vraiment que votre grand-mère va accepter de croire à cette histoire? demanda Cécilia, songeuse.

Elle vint s'asseoir sur la banquette où ils avaient passé la nuit et l'interrogea du regard.

Trev haussa les épaules en signe d'impatience.

– Elle vous place très haut. Est-il invraisemblable que je sois amoureux de vous?

– Votre grand-mère n'est pas une idiote! s'indigna-t-elle. Ce qu'elle a pu voir et ce qu'elle a pu lire sur vous et vos amies lui en ont suffisamment appris sur vos goûts. Vous aurez du mal à lui faire croire que vous avez finalement choisi quelqu'un comme moi!

Tout en parlant, Cécilia savait qu'il n'en était pas vraiment ainsi. Pour Mme Barrone, il était resté le petit garçon qui venait la voir l'été, celui qui allait jusqu'à la plage enterrer ses trésors, celui qui ne lui avait jamais menti. Le genre de garçon qui, au moment de se décider, pourrait très bien choisir une jeune fille « gentille et raisonnable ».

– Pourquoi moi? murmura Cécilia. Pourquoi ne pas lui présenter plutôt une de ces jeunes personnes que vous pourriez effectivement épouser? Ce ne serait alors qu'un demi-mensonge.

Trev soupira, exaspéré par son manque de bonne volonté.

– Vous savez bien qu'il n'y a pas de temps à perdre! Et comme vous semblez l'avoir compris, ces jeunes personnes ne sont pas exactement, aux yeux de ma grand-mère, le genre de filles qu'on épouse.

Soudain, Cécilia se remémora une conversation qu'elle avait eue avec Mme Barrone. Celle-ci lui avait avoué combien elle aurait aimé voir son petit-fils épouser une jeune fille comme elle. Elle se fait bien des illusions, avait pensé Cécilia. Maintenant qu'elle connaissait Trev, Cecilia n'avait pas changé d'avis, bien au contraire. Et pourtant Mme Barrone croyait très sincèrement que c'était possible.

– Comme vous l'avez dit tout à l'heure, il me faut une jeune fille « gentille et raisonnable » pour obtenir la bénédiction de ma grand-mère, continua Trev. (Puis, il ajouta, cynique :) Je suis d'ailleurs convaincu que vous seriez élue haut la main gagnante du concours local de la « jeune fille modèle ». Vous êtes le type même de celle que toutes les mamans souhaitent pour leur fils.

Cécilia le dévisagea en rougissant.

– Etre une jeune fille modèle n'est pas une maladie honteuse, que je sache! lui lança-t-elle.

Il eut un haussement d'épaules, et comme pris d'un doute, il plissa les paupières.

– J'ai dû me tromper. J'avais cru comprendre que vous vouliez la voir enfin heureuse... Mais après tout, vous n'êtes peut-être pas si gentille? Quelle somme accepteriez-vous pour... euh... disons, apaiser vos scrupules de conscience?

Cécilia le dévisagea de nouveau, muette de stupeur et de colère. Puis elle s'écria :

– Comment osez-vous! Jamais je n'accepterai un sou, même... même si..., bégaya-t-elle.

Elle était prise d'une telle rage qu'elle n'arrivait plus à trouver ses mots.

Trev haussa les sourcils.

– C'est sans doute votre façon de me dire : « Je ne voudrais pas de vous, même sur une île déserte. »

– Vous... vous êtes odieux!

En un instant, la colère lui avait fait oublier

tout ce qu'elle avait pu éprouver de sympathie pour Trev. Quelles que soient les raisons qui le poussaient à organiser cette mise en scène, cela ne prouvait en rien qu'il y ait en lui la moindre parcelle de « gentillesse ».

– Il ne s'agit pas de savoir ce que vous pensez de moi, insista-t-il d'une voix dure, mais de me dire ce que vous avez décidé. Vous acceptez, oui ou non?

– Oui, oui, j'accepte, dit enfin Cécilia. Mais après, je ne veux plus vous revoir! Plus jamais!

4

Mme Barrone avait-elle compris?

Cécilia, les mains moites de transpiration tant elle était nerveuse, se retrouva dans le couloir du service de réanimation. Inconsciemment, elle avait pris Trev par la main, s'accrochant à lui comme si sa vie en dépendait. Elle libéra soudain son étreinte, mais Trev semblait sans réaction. Le visage fermé, les traits figés, il se détourna pour éviter son regard. Peut-être voulait-il l'empêcher de lire dans ses yeux?

Cécilia n'éprouvait plus tout à fait le même ressentiment envers lui. Lors de leur très courte visite à sa grand-mère, il ne s'était pas montré totalement insensible. Il avait même été tendre et prévenant. D'une voix douce, il lui avait annoncé que Cécilia et lui s'aimaient, et qu'ils allaient se marier très bientôt. Puis il avait fait signe à Cécilia de parler à son tour. Mais la voix brisée par l'émotion, elle n'avait pu émettre un son.

Elle en était là de ses pensées, quand Trev demanda :

– Croyez-vous qu'elle ait compris ce que nous disions?

Cécilia hésita à répondre. Elle avait d'abord cru que non. Mme Barrone, les yeux clos et le teint livide, le souffle à peine perceptible, n'avait pas fait un geste. Elle était si menue qu'elle avait l'air perdue dans ce lit, entourée de tuyaux, de flacons et de plateaux. Mais tout à coup, elle avait paru bouger faiblement, comme pour leur tendre les bras. Trev et Cécilia s'étaient alors avancés d'un même élan et, d'un même geste, avaient fini par unir leurs mains à celle de la vieille dame. Avait-elle esquissé un sourire? Oui, pensait Cécilia, les larmes aux yeux. Oui, elle avait souri. A peine une crispation de ses lèvres exsangues, mais un sourire malgré tout. Et son visage ridé s'était rasséréné, ses traits s'étaient détendus.

Cécilia acquiesça.

– Oui, je crois qu'elle a compris.

Tout cela n'avait donc pas été inutile... Il avait fallu user de ruse, mais quelle importance? De ruse, ou plutôt de mensonge. Mais Mme Barrone avait eu l'air heureuse et apaisée. C'était cela qui comptait. Même si elle n'avait pas tout compris, elle se savait entourée de leur amour.

– Bien, dit Trev d'une voix alerte. (Il ne montrait plus trace d'émotion.) Mission accomplie. Et maintenant, je vous ramène.

Les yeux encore embués de larmes, Cécilia le regarda déconcertée. Elle fut d'abord tentée de discuter, de lui dire qu'elle rentrerait par ses propres moyens, ou pas du tout. Mais elle ne se sentait pas le courage de résister. Elle le suivit au parking où sa Ferrari était garée, nette et luisante comme un gros chat.

Ils suivirent en silence la route qui, de Redwood Valley à Caverna Bay, traversait la forêt de séquoias. La brume s'accrochait au faîte des arbres gigantesques. Cécilia pensait à leur visite à l'hôpital. Mme Barrone en avait-elle pour longtemps à vivre? Probablement pas. Il ne leur restait plus qu'un espoir, celui de la voir partir sans souffrances. Ils devaient tout faire pour rendre sa fin plus douce.

– Nous avons eu raison, dit Cécilia d'une voix sourde, alors que Trev parvenait au carrefour de Caverna Bay. Je crois qu'elle a compris et qu'elle était heureuse.

Trev s'abstint de tout commentaire.

– Voulez-vous que je vous prévienne quand... si quelque chose arrivait?

Cécilia hésita. Bien sûr, Trev était impardonnable d'avoir voulu lui proposer de l'argent. Mais elle pouvait imaginer l'anxiété et la tension nerveuse que tout cela avait représenté pour lui. Elle-même avait eu pour lui des mots plutôt durs. A quoi bon continuer cette petite guerre? se dit-elle. De toute façon ils devraient se revoir à l'enterrement. Autant se conduire en gens civilisés. Elle pouvait peut-être l'inviter à prendre un café?

– Tiens! On dirait que vous avez de la visite, fit remarquer Trev en voyant une voiture arrêtée devant chez elle.

– C'est Larry. Larry MacAllister. C'est lui qui peint ces scènes de forêt et ces marines que vous avez vues dans ma boutique. Il vient chercher des sculptures en bois que je lui ai promises.

Cécilia s'était mise à parler avec précipitation. Mais après tout, pourquoi toutes ces explications? Que lui importait l'avis de Trev?

Elle sortit de la voiture au moment où Larry tournait le coin de la maison. Il regarda tour à tour Cécilia et la voiture.

– Je commençais à m'inquiéter, dit-il. J'ai essayé de t'appeler tard hier soir, et comme tu ne répondais toujours pas ce matin...

Cécilia l'interrompit brusquement.

– Je t'expliquerai plus tard. Je voudrais te présenter...

Elle fut interrompue par le brusque départ de la Ferrari.

– Laisse-moi deviner, dit Larry sèchement. C'est Trevor Barrone (Il regarda sa montre). Est-ce qu'il n'est pas un peu tôt pour un rendez-vous? Ou alors le rendez-vous était pour hier soir, et vous venez juste de rentrer, ajouta-t-il acerbe.

Cécilia continuait à regarder en direction de la voiture. Trev était parti sans qu'elle ait pu lui dire de l'appeler s'il avait des nouvelles de Mme Barrone. D'abord dépitée, elle décida que c'était sans importance. Qu'il fasse donc comme bon lui semblerait, après tout! Elle pouvait bien téléphoner elle-même à l'hôpital.

– Que se passe-t-il? demanda Larry en suivant le regard de Cécilia. Déjà une petite scène entre amoureux?

Cécilia sentit soudain la colère monter contre Larry. S'il n'avait pas été là au moment de leur arrivée... Elle parvint à se dominer et, aussi brièvement et calmement que possible, le mit au courant de la situation. Elle passa cependant sous silence l'entrevue avec Mme Barrone. Elle n'en parlerait jamais, ni à lui ni à d'autres. Elle ne regrettait pas ce qu'elle avait fait. Mais personne n'avait besoin de savoir qu'elle avait menti.

Larry avait l'air désolé.

– Je suis stupide, bredouilla-t-il. Quand je pense à ce qui est arrivé! Et moi qui te fais une scène de jalousie! C'est d'autant plus bête que tu m'as fait comprendre depuis longtemps que nous sommes bons amis, un point c'est tout. Je n'ai pas le droit de te faire des reproches, même si vous avez passé la nuit ensemble.

Elle ne lui avait pas raconté non plus la façon dont ils avaient passé la nuit à l'hôpital. De toute manière, cela ne veut rien dire, pensait-elle pour se rassurer. Elle s'était endormie dans les bras de Trev, sans même s'en apercevoir. Quant à Trev, il n'y attachait pas la moindre importance...

Elle se dirigea vers la porte, décidée à écarter le sujet de son esprit.

– Les mobiles sont prêts, lança-t-elle à Larry par-dessus son épaule. Donne-moi une minute, je prépare le paquet.

– Prends ton temps.

Ils entrèrent. Larry connaissait ce petit appartement presque comme sa poche. Il alluma le chauffage et prépara le café, tandis que Cécilia prenait une douche et se changeait. Elle se sentait comme quelqu'un qui a dormi dans ses vêtements, même si cela ne se voyait pas. Elle enfila un confortable pantalon de velours brun chocolat et un chemisier de même couleur, se fit un maquillage léger, et commença à se sentir revivre. Quand elle reparut, Larry lui tendit une tasse de café bien chaud.

– Il faut que je m'occupe de ces sculptures...

– Détends-toi, dit-il. Tu as l'air vannée. Jolie, précisa-t-il, mais vannée.

Il marqua une pause.

– Si j'ai bien compris, c'est sans espoir, pour Mme Barrone?

Cécilia hocha la tête.

– C'est de ma faute, répondit-elle tristement. Si j'étais allée chez elle comme prévu, elle n'aurait pas essayé de déplacer les plantes toute seule.

– Mais elle a eu une attaque, d'après le docteur, fit remarquer Larry. Ce serait arrivé de toute façon, qu'elle déplace les plantes ou non.

– Oui, mais si j'étais venue plus tôt...

– Ecoute, arrête de te faire des reproches, lui dit Larry presque brutalement. Où était donc ton grand écrivain, pendant ce temps-là? Pourquoi ne s'est-il jamais occupé de ces sacrées plantes, et pourquoi n'était-il pas là au moment de l'accident?

En effet, où était-il passé? se demandait Cécilia tout en buvant son café. Elle allongea les jambes vers le radiateur.

– Il s'est absenté pour affaires, dit-elle, reprenant les mots mêmes de Trev.

Larry éclata de rire.

– Combien veux-tu parier que les « affaires » de Trevor Barrone s'appellent Lola, ou bien Debbie, ou bien...

– Il n'a aucune raison de mentir, ni de se cacher, protesta-t-elle. Il est libre de faire ce qu'il veut.

Larry leva les sourcils.

– Oh, mais qu'ai-je dit là! Tu n'es pas vexée, au moins?

Cécilia reposa sa tasse.

– Ecoute, dit-elle d'un ton ferme, je trouve cette discussion déplacée dans les circonstances présentes. La seule chose qui me préoccupe, c'est l'état de Mme Barrone.

Larry lui fit aussitôt des excuses. Cecilia n'était pas tellement fière d'avoir utilisé la santé de Mme Barrone comme moyen de détourner la conversation. Parler de Trev la mettait mal à l'aise, sans qu'elle puisse s'expliquer pourquoi. Ses « affaires » ne la concernaient en rien. Mais cette fois, les conséquences de son voyage avaient été dramatiques pour sa grand-mère.

Elle se mit à emballer les sculptures, chacune dans sa boîte marquée d'une étiquette rouge : « Création Cécilia Christopher ». Larry chargea les paquets dans sa voiture.

– Je suis désolé de t'avoir posé ces questions. Je sais bien que cela ne me regarde pas. (Il eut un sourire en coin.) C'est sans doute que j'espère encore qu'un jour, peut-être...

Cécilia lui planta soudain un baiser sur la joue.

– Tu es mon meilleur ami et Trevor ne me plaît même pas.

– On peut très bien tomber amoureux de quelqu'un qui ne vous plaît pas...

– Je n'ai jamais entendu quelque chose d'aussi ridicule, dit Cécilia vivement. Trev et moi...

– Tu vois! Maintenant tu l'appelles Trev, remarqua Larry. Vous en êtes déjà aux diminutifs...

Cécilia secoua la tête et se mit à rire.

– Tu es impossible!

Elle voulut refermer la porte, mais Larry la coinça avec son pied.

– Rappelle-toi ce que je t'ai dit, à propos de Trevor Barrone! lui lança-t-il.

Cécilia se remit à rire et lui fit un geste d'adieu. Ce qu'elle avait dit à Larry était parfaitement vrai. Trev ne lui plaisait pas. Bien sûr, il était beau garçon, il ne manquait pas de charme, il en avait même beaucoup, mais c'était purement physique. Il ne lui plaisait déjà pas avant de l'avoir rencontré et il ne lui plaisait toujours pas. Qu'il se soit permis de lui proposer de l'argent la blessait et elle n'avait pas apprécié non plus sa façon de prendre congé, aujourd'hui. C'était un manque de correction de sa part, aussi bien envers Larry qu'envers elle-même. Et qui plus est, totalement inexcusable, se dit-elle, à nouveau furieuse.

Elle errait à travers l'appartement sans pouvoir maîtriser son agitation. Elle ne se sentait pas d'humeur à travailler dans son atelier à ses bijoux d'agate et de coquillages. C'était un temps à être sur la plage, mais elle ne voulait pas s'éloigner du téléphone. Elle revint vers l'entrée voir s'il y avait du courrier. Elle trouva quelques lettres d'affaires auxquelles elle aurait dû répondre. Mais elle n'en avait pas envie non plus.

Elle se demanda soudain si Trev était retourné à l'hôpital ou s'il était rentré chez Mme Barrone... Elle pouvait peut-être aller y faire un tour, sous prétexte de remettre de l'ordre dans le salon? Elle s'arrêta, atterrée. Que lui passait-il par la tête? Elle ne voulait pas revoir Trev. Dans son accès de colère, la veille à l'hôpital, elle s'était peut-être conduite comme une enfant. Mais une chose était sûre : elle ne voulait pas le revoir.

La sonnerie du téléphone retentit soudain. Cécilia se précipita.

– Allô ! s'écria-t-elle, hors d'haleine.

C'était Mabel, l'amie de Mme Barrone, qui venait aux nouvelles. Le bruit de son hospitalisation s'était vite répandu. Mabel à son tour s'en voulait de sa négligence. Cécilia s'efforça de la rassurer et lui jura qu'elle n'avait rien à se reprocher.

Après quoi, Cécilia se versa une nouvelle tasse de café, et s'allongea sur le sol près du radiateur, un coussin sous la tête et le téléphone à portée de la main. Par la fenêtre qui donnait sur le parc, elle apercevait une énorme souche de séquoia, traversée par un tunnel en forme d'arche. C'était le terrain de jeu préféré des enfants. Est-ce que Trev venait jouer ici quand il avait leur âge?

Voilà qu'elle recommençait à penser à Trev! Elle était furieuse contre elle-même. Pourquoi, mais enfin pourquoi Trev se rappelait-il sans cesse à son souvenir? Elle lui en voulait, mais en même temps elle se remémorait le contact de son corps puissant et les battements réguliers de son cœur tout près du sien qui battait à tout rompre. Comment pouvait-elle ressentir la moindre attirance pour un homme comme lui, arrogant, froid et matérialiste?

Pourtant il n'avait montré aucune froideur, bien au contraire, quand il avait annonçé à sa grand-mère leur futur « mariage ». Est-ce qu'il jouait la comédie? Et si c'était vrai? Et si Trev l'aimait? Et s'ils décidaient vraiment de se marier?... de vivre ensemble... d'avoir des enfants...

Elle sentait monter en elle une fièvre étrange... C'était comme un rêve, la tendresse d'un baiser... la chaleur d'une caresse... l'ardeur passionnée d'un regard.

Choquée, horrifiée, Cécilia se redressa soudain. La voilà maintenant qui se conduisait comme une adolescente en mal d'amour! Et tout cela pour un homme qu'elle reverrait seulement dans un cortège funèbre, un homme envers lequel elle n'éprouvait que colère et mépris!

D'un bond, elle fut sur ses pieds. Prise d'une brusque soif d'activité, elle répondit à son courrier, rangea la maison et mit à jour les comptes de la boutique. Ensuite, elle dîna légèrement d'un potage et d'une salade, un œil fixé sur la pendule. Trev n'aurait pas le cœur de la laisser dans l'incertitude. Il allait appeler.

Eh bien, si. Il était vraiment sans cœur. A 9 heures, elle était toujours sans nouvelles de lui. Elle appela l'hôpital : l'état de Mme Barrone était « stationnaire ». Voilà pourquoi Trev n'avait pas téléphoné, songea-t-elle en raccrochant. Et pourtant... il aurait dû le faire quand même! se ravisa-t-elle, furieuse. Trev provoquait en elle les sentiments les plus contradictoires. Dans le cas de Mme Barrone, un état « stationnaire » c'était déjà quelque chose quand on s'attendait à ce qu'elle ne passe pas la journée.

Cécilia eut un regain d'espoir. N'allait-on pas réussir à sauver Mme Barrone? Aujourd'hui, on disposait de tels moyens : médicament, matériel, techniques nouvelles... Et si elle appelait chez Mme Barrone? Elle pourrait peut-être en apprendre davantage par Trev...

Le téléphone sonna longuement, mais personne ne répondit. Elle finit par raccrocher, ayant perdu de nouveau l'espoir. Ce matin encore, l'état de Mme Barrone avait été qualifié de « critique » par le médecin. Le fait qu'il était maintenant « stationnaire » ne signifiait pas qu'on allait la sauver. Cela voulait simplement dire qu'elle était encore en vie.

A 11 heures, Cécilia abandonna sa lecture et décida d'aller se coucher. Jusqu'à la dernière minute, elle avait espéré que Trev l'appellerait. Elle s'endormit rapidement, d'un sommeil agité, entrecoupé de cauchemars : Mme Barrone était soudain frappée d'horreur, tandis qu'une voix criait : « Mensonges! Mensonges! Ce ne sont que des mensonges! » Elle rêva aussi de Trev, tantôt dur et froid, tantôt tendre et chaleureux. La tête posée sur son épaule, elle sentait ses lèvres sur les siennes, et le contact de son corps plein d'ardeur...

Elle se réveilla, la tête lourde et bourdonnante... le téléphone sonnait.

– Allô!

– Je vous réveille?

Cécilia jeta un œil endormi sur sa montre. 8 heures. Elle aurait dû être debout depuis longtemps.

– J'étais juste en train de me lever, mentit-elle tranquillement. J'ai essayé de vous téléphoner chez votre grand-mère hier soir, mais vous n'étiez pas là.

– J'ai pris une chambre dans un motel, à côté de l'hôpital. Je n'ai pu la voir qu'un instant.

– Elle vit toujours! s'exclama Cécilia.

Elle retapa ses oreillers et se redressa dans son lit. Elle passa une main dans ses cheveux défaits.

– Comment va-t-elle?

– Elle se maintient, aussi étonnant que cela puisse paraître. Je crois qu'elle serait heureuse de vous voir.

– Vous croyez?

– Elle se fatigue vite. Depuis son attaque elle a des difficultés à parler.

– Alors, ça ne veut pas dire...

– Qu'elle va se remettre? Non, dit-il, catégorique. Cela veut dire simplement que nous devons continuer à jouer le jeu.

Le cœur de Cécilia se mit à battre plus vite.

– Vous croyez qu'elle se rappelle ce que nous lui avons dit?

– Je n'en sais rien. (Il marqua une pause.) Vous auriez préféré qu'elle oublie?

– Pas du tout, au contraire. Comme vous l'avez dit vous-même, c'est tout ce que nous pouvons faire pour elle maintenant.

– Vous en avez parlé à Larry? lança Trev à brûle-pourpoint.

– Bien sûr que non, répondit Cécilia indignée. Ceci doit rester entre nous... Entre nous trois.

Que croyait-il donc? Qu'elle allait s'empresser de proclamer ses « fiançailles » avec le grand écrivain? Il devait être persuadé que, grâce à lui, Cécilia était en train de vivre l'aventure de sa vie!

– Dès que je suis prête, j'arrive.

– Très bien. Je vous attends.

Après avoir raccroché, Cécilia, encore sous le choc de ce brusque réveil, se laissa retomber un instant au fond de son lit. Elle rougit en se rappelant brusquement ses rêves. Si Mme Barrone savait à quoi pensait une « jeune fille gentille et raisonnable » comme Cécilia!

Elle s'habilla d'un pantalon de flanelle grise, d'un chemisier de soie et d'un foulard assortis, puis elle se dépêcha d'avaler son petit déjeuner. A peine trois quarts d'heure après l'appel de Trev, elle était dans sa voiture et sortait du garage. Le temps était clair, avec juste un petit vent frais. Il ne lui aurait pas déplu de faire un peu de vitesse sur cette route de Redwood Valley, au milieu des séquoias. Mais les pneus de la voiture n'étaient pas tout neufs, et, surtout, ce n'était pas le moment de risquer un accident.

Elle aperçut la Ferrari dans le parking de l'hôpital. Comme s'il surveillait son arrivée, Trev vint aussitôt à sa rencontre. Ils échangèrent un long regard, puis Cécilia détourna les yeux.

– Pouvons-nous aller la voir maintenant? demanda-t-elle d'un ton neutre.

– Pas maintenant. Elle dort, ou elle est dans le coma, je ne sais pas. Et les médecins non plus, d'ailleurs.

Il semblait en proie à une agitation inhabituelle.

– Si seulement je pouvais la faire transférer à la clinique Daydecker, à San Francisco...

Il s'interrompit et passa une main dans ses cheveux. Puis il se ressaisit et dit d'un air guindé :

– Je n'aurais pas dû vous appeler si tôt. Il n'y avait aucune raison de vous presser.

– Ça ne fait rien, répondit Cécilia en l'observant du coin de l'œil. Vous-même paraissiez bien pressé de partir, hier matin?

– Vous aviez de la visite. (Il la toisa du regard). Je suis repassé un peu plus tard, mais la voiture de votre ami était toujours là.

Il était repassé! Cécilia n'en revenait pas.
– Je suis désolée, je..., commença-t-elle.
Il l'interrompit brusquement :
– Cela n'a aucune importance.
Ils retournèrent dans la salle d'attente où ils avaient passé la nuit. Ils patientèrent en buvant du café et en feuilletant de vieux magazines. De temps en temps ils échangeaient quelques mots.
Inconfortablement appuyée au dossier de sa chaise, Cécilia évitait de regarder dans la direction de la banquette. Elle n'arrivait toujours pas à concilier son antipathie pour Trevor Barrone avec les émotions étranges que le souvenir de la nuit passée là, avec lui, soulevait en elle.
Trev y pensait-il encore? Sûrement pas, se dit-elle avec amertume. Il devait avoir une conception un peu plus excitante de ses nuits en compagnie d'une femme. Mais personne ne l'avait obligé, après tout, à prendre Cécilia dans ses bras. Et il n'avait pas semblé tellement désireux de la quitter, le lendemain matin.
Ils déjeunèrent à la cafeteria. Après le repas, Cécilia, somnolente, fit un effort pour rester droite sur sa chaise. Plus question de se laisser aller...
Vers le milieu de l'après-midi, une infirmière vint les prévenir qu'ils avaient droit à une visite de quelques minutes. A la porte du service de réanimation, Trev s'arrêta et prit la main de Cécilia dans la sienne.
– Nous sommes censés être fiancés. Tâchons d'avoir l'air naturel.
Son ton était ironique mais légèrement menaçant. Cécilia hésita. Avaient-ils vraiment le droit de jouer cette comédie? de tromper quelqu'un

sur son lit de mort, à cet instant qui aurait dû être la minute de vérité?

– Quelque chose ne va pas? demanda Trev d'un ton brusque.

– Je ne sais pas. Je...

Il lui était venu une étrange idée : et si Mme Barrone ne mourait pas? Que trouveraient-ils à lui expliquer?

Trev l'observait, les sourcils froncés.

– Je... je ne suis pas très douée pour ce genre de choses, bégaya-t-elle.

– Devant la mort, personne ne peut se sentir vraiment « doué » dit-il d'une voix tranquille, mais sans animosité.

Sa main était moite, et Cécilia se demanda tout à coup si son calme n'était pas seulement une façade.

Elle s'était préparée du mieux qu'elle pouvait à cette visite, mais elle eut quand même un choc en apercevant Mme Barrone. Sa peau était transparente. On pouvait voir les veines sur ses tempes. Elle avait l'air si frêle, avec sa blessure au front et une aiguille plantée dans le bras...

Cécilia en avait les larmes aux yeux. La vieille dame avait-elle tellement baissé ces derniers jours ou Cécilia avait-elle oublié à quel point elle paraissait fragile?

Elle était encore entourée d'une forêt de tubes et de flacons, mais en plus elle avait maintenant derrière elle une machine d'acier rutilante et menaçante, pleine de leviers et de cadrans.

Cécilia et Trev, la main dans la main, se tenaient immobiles. Cécilia finit par murmurer :

– Je crois qu'elle est...

Elle retint son souffle : les yeux clairs de Mme Barrone s'étaient entrouverts, d'abord sans rien voir, puis s'étaient posés sur Trev et se tournaient lentement vers elle. Trev prit la main de Mme Barrone dans les siennes.

– Grand-mère! C'est Trev. Trev et Cécilia.

Cécilia fut émue par le ton affectueux avec lequel il avait prononcé ces mots.

– Tu te rappelles ce que je t'ai dit? Cécilia et moi, nous allons nous marier.

Il tendit un bras vers Cécilia pour qu'elle se rapproche de lui. Il lui entoura la taille, comme s'il voulait l'empêcher de fuir.

– Oui, c'est vrai, continua Cécilia d'une voix mal assurée. (A son tour, elle prit la main de Mme Barrone dans la sienne.) Nous allons nous marier. Nous donnerons une grande fête. Vous allez guérir, et vous serez là. Il y aura d'énormes corbeilles de fleurs, et vous porterez une orchidée à votre corsage.

Qu'ai-je donc à raconter des histoires pareilles? se demanda Cécilia, effarée. Tout cela était impossible et pourtant les mots se bousculaient sur ses lèvres. Mme Barrone avait fini par fermer les yeux, mais un léger sourire flottait sur son visage, comme si elle pouvait voir, elle aussi, les corbeilles de fleurs, la robe blanche de la mariée et la parure d'orchidées.

Cécilia se tut et Mme Barrone rouvrit les yeux. Elle remua les lèvres dans un effort pour parler à son tour.

Trev lui posa un doigt sur la joue.

– Non, grand-mère. Inutile de dire quoi que ce soit.

Elle remua encore une fois les lèvres, et parvint à murmurer très faiblement :

– Je vous aime tant... et je suis... si heureuse... que vous vous aimiez.

Elle avait du mal à articuler, comme si elle avait la moitié du visage paralysée. Mais elle sourit de nouveau.

– Nous sommes heureux, nous aussi, grand-mère, répondit Trev, la voix altérée par l'émotion.

Cécilia sentit qu'il resserrait son bras autour de sa taille.

– Bien vite..., murmura Mme Barrone.

Trev regarda Cécilia.

– Que dit-elle? demanda-t-il à voix basse.

– Je crois qu'elle a voulu dire que tout cela s'est fait très vite.

Voilà qui est bien d'elle, songea Cécilia, un peu triste. Mme Barrone avait toujours eu l'esprit vif. Même dans son état, elle était frappée par la soudaineté de ce « grand amour ».

– Pas aussi vite qu'on pourrait le croire, dit Trev. Il y a longtemps que je cherche quelqu'un comme Cécilia. Ou, plus exactement, que je cherche Cécilia. Maintenant que je l'ai trouvée, je n'ai pas l'intention de la laisser échapper.

Cécilia en était suffoquée. Il aurait pu employer un ton hypocrite, mielleux, peu convaincant. Non, il avait parlé avec force, presque brutalement. On aurait pu penser qu'il était sincère. Si elle n'avait pas su la vérité, elle-même l'aurait cru. Elle en tremblait. Trev lui jeta un regard noir, comme pour la mettre au défi de le contredire.

Mme Barrone ne bougeait plus. Avait-elle perdu conscience? Non. Elle se mit à gratter la couverture de ses doigts. Trev voulut lui prendre la main pour la rassurer, mais elle continua à s'agiter.

– Montrez-moi...

Trev se tourna vers Cécilia, l'air inquiet.

– Il y a quelque chose qui ne va pas? Je vais appeler l'infirmière...

Cécilia se pencha vers Mme Barrone.

– La bague...

Cécilia comprit soudain. Pour elle, avec son sens des traditions, il ne pouvait y avoir de fiançailles sans bague. Elle portait encore aujourd'hui le petit brillant que lui avait offert son mari bien-aimé, il y avait très, très longtemps. Cécilia échangea un regard inquiet avec Trev.

– Elle voudrait voir ma bague de fiançailles...

Trev l'observa un instant, les lèvres serrées, puis se tournant à nouveau vers sa grand-mère :

– Nous n'avons pas encore eu le temps de la choisir, dit-il sans se démonter. Nous nous sommes fait beaucoup de souci pour toi, tu sais.

– Je vous embête, n'est-ce pas?

Madame Barrone suivait des yeux Cécilia qui lui lissait ses cheveux blancs.

– Vous ne nous embêtez pas du tout. Il faut vite vous rétablir pour venir à notre mariage.

– ... les plantes...

– Les plantes vont très bien, dit vivement Trev. J'ai engagé quelqu'un pour les soigner.

Cécilia tourna les yeux vers lui, à la fois surprise et touchée. Pour sa part, elle les avait complètement oubliées. Et pourtant, elle savait que Mme Barrone n'allait pas manquer de s'en inquiéter.

Ces quelques mots avaient coûté beaucoup d'efforts à Mme Barrone. Mais, les yeux clos elle avait le visage détendu et la trace d'un sourire sur les lèvres. Je n'ai plus à me soucier de rien, semblait-elle penser. On arrosera les plantes pour moi et mon petit-fils va se marier. Elle est très belle, remarqua Cécilia, le cœur serré. Frêle, fragile comme de la porcelaine, mais très belle. Cécilia retint sa respiration.

Mme Barrone semblait ailleurs. Etait-ce la fin, une fin paisible, qui s'annonçait? Non, sa poitrine se soulevait faiblement, au rythme de sa respiration.

– Je crois qu'il vaut mieux la laisser seule, murmura Trev à voix basse.

Il paraissait à bout de nerfs. Saisissant Cécilia par le coude, il l'entraîna dans le couloir. Elle cligna des yeux, étourdie, comme si elle venait d'un autre monde. Une infirmière attendait leur départ pour refermer les rideaux de lit.

Dans le couloir, un homme poussait un chariot chargé des plateaux du déjeuner. Au-dessus d'une porte, une lumière se mit à clignoter doucement; deux médecins passaient, discutant du dernier congrès médical de San Francisco.

Pour certains c'est la routine, se dit Cécilia songeuse, tandis que d'autres vont mourir... Elle leva les yeux vers Trev. Il lui sembla soudain qu'il avait le regard humide, mais avant qu'elle ait pu s'en assurer, il avait déjà détourné les yeux.

– C'est très gentil à vous d'avoir pensé à faire arroser les plantes. Ça lui a fait très plaisir.

Il serra les dents. Il la tira de côté pour faire place à un chariot de médicaments.

– Je vais engager quelqu'un, répondit-il brièvement.

– Alors, ça aussi c'était un mensonge! s'écria-t-elle, déçue. Est-ce qu'il y a la moindre chose vraie en vous?

Il haussa les sourcils.

– Et vous, dites-vous toujours la vérité? rétorqua-t-il.

– Non, bien sûr que non, mais...

Elle ne savait comment continuer.

– C'était pourtant très convaincant. Si je n'avais pas été dans le secret, j'aurais été persuadé que vous m'aimiez à la folie. (Il eut un rire narquois). Votre numéro était parfait. Ces détails sur le mariage, les fleurs, et jusqu'aux orchidées. On aurait juré que vous aviez préparé tout ça depuis des années. Vous méritez le premier prix du « Conservatoire des Spectacles aux Hôpitaux ».

Cécilia le regarda d'un air furieux. Elle qui avait cru que cette visite à sa grand-mère ne l'avait pas laissé insensible...

– Comme j'ai aussi gagné le concours de la jeune fille modèle, cela fait déjà deux prix, lui lança-t-elle sarcastique.

– Ça ne vous suffit pas? demanda-t-il, moqueur.

Elle le foudroya du regard, et se dirigea vers la sortie. En une enjambée, il l'avait rattrapée. Il l'agrippa par le bras et l'obligea à s'arrêter.

– Lâchez-moi. Je veux rentrer.

Elle voulut se dégager mais il resserra brutalement son étreinte.

– Pas tout de suite. Nous avons encore quelque chose à faire... Maintenant, il nous faut une bague.

5

Cécilia voulut protester. C'était peut-être pousser les choses un peu loin! Mais Trev avait l'air absolument décidé. Elle eut un haussement d'épaules résigné.

A Redwood Valley, il n'y avait qu'un bijoutier. Quand le vendeur sortit les présentoirs avec les bagues et les brillants, Cécilia ne manifesta pas le moindre signe d'intérêt. Elle tapotait le comptoir du bout des doigts, pressée d'en finir avec cette farce ridicule. Elle se reprocha son impatience. La fin de cette farce, ne serait-ce pas en même temps la fin de Mme Barrone? Elle ne souhaitait qu'une chose : ne pas s'éterniser ici.

Si seulement Trev n'avait fait qu'entrer et sortir! Mais voilà qu'il se penchait sur les présentoirs, tandis que le vendeur lui montrait ses plus belles pièces, posées sur leur écrin de velours noir.

Trev se tourna vers Cécilia.

– Vous avez une préférence? demanda-t-il.

Pour toute réponse, elle eut un haussement d'épaules. Trev choisit une bague et le vendeur demanda à Cécilia de bien vouloir l'essayer. Le bijou faisait partie d'une parure de mariage.

– Nous n'aurons pas besoin de l'alliance, déclara-t-elle, glaciale.

Le vendeur, déconcerté, expliqua dans un murmure qu'il ne pouvait vendre ces articles séparément.

– Alors il vaut mieux..., commença Cécilia.

– Nous prendrons les deux, déclara Trev avec la plus grande politesse.

Devant le regard furieux de Cécilia, il ajouta, moqueur :

– Les diamants sont un excellent placement par les temps qui courent.

L'air dégoûté, Cécilia détourna la tête. Il ne pensait pas à sa grand-mère. C'était uniquement l'argent qui lui servait de conscience. A supposer qu'il ait une conscience.

– Bien sûr. Elles pourront toujours servir le jour de votre mariage, dit-elle, sarcastique. A condition que votre fiancée n'ait rien contre les bagues de fiançailles d'occasion.

Le vendeur était suffoqué. Mais on ne pose pas de questions aux clients, surtout pas à ceux qui achètent des articles aussi chers. Il se tourna discrètement vers Trev pour discuter le prix.

Le vendeur commença par dire qu'il faudrait compter quelques jours pour ajuster les bagues au doigt de Cécilia. Trev, catégorique, les exigea pour le lendemain. L'art et la manière d'obtenir l'impossible... Cela doit être un don spécial, se dit Cécilia avec un mélange de mépris et d'admiration.

Mais le lendemain, les choses tournèrent tout autrement.

Vers midi, alors que Cécilia s'apprêtait à se rendre à l'hôpital, Trev l'appela pour l'informer que l'état de Mme Barrone avait empiré : elle avait eu des complications respiratoires, et on l'avait mise sous une tente à oxygène. La présence de Cécilia n'était pas nécessaire.

Cécilia raccrocha, pleine de tristesse. L'instant redouté était arrivé. Ce n'était plus maintenant qu'une question d'heures.

La journée traîna en longueur. La sonnerie du téléphone la faisait sursauter à chaque fois. Mais c'était toujours des amis de Mme Barrone qui venaient aux nouvelles.

Elle essaya de joindre Larry à son atelier, mais sans résultat. Elle se demandait ce que pouvait faire Trevor. Il n'allait sûrement pas passer tout son temps à l'hôpital. Elle devrait peut-être l'inviter à dîner. Ça le changerait de la nourriture insipide de la cafeteria.

Finalement elle décida d'aller à la plage. Pour l'instant, elle ne pouvait rien faire pour Mme Barrone, et si les nouvelles étaient mauvaises, elle avait toujours le temps de les apprendre.

D'habitude, elle adorait marcher sur la plage. C'était l'endroit idéal pour remettre ses idées en place. Mais aujourd'hui, malgré le soleil éclatant et la brise, elle n'arrivait pas à se détendre.

La souche était toujours là, échouée sur le sable sec. Une mouette passa en criant. C'était peut-être celle qu'il avait libérée... Décidément, tout lui faisait penser à Trev... Elle s'appliqua à chercher du bois flotté et des coquillages. Mais elle n'avait pas le cœur à l'ouvrage et rentra presque bredouille.

Le lendemain, comme Trev n'avait toujours pas appelé, Cécilia décida de se rendre à l'hôpital après le déjeuner.

La Ferrari de Trev était garée dans le parking. Cécilia se demanda s'il avait dressé son camp ici. A la réception, elle fut surprise d'apprendre qu'on avait transféré Mme Barrone dans une chambre individuelle. Chambre 168. Arrivée devant la porte, elle marqua un temps d'arrêt. La voix de Trev lui parvenait, étouffée. Elle jeta un coup d'œil par l'entrebâillement.

A voir l'expression de ravissement qui se lisait sur les traits de Mme Barrone, il devait lui tenir des propos fascinants. L'armée de tubes et de flacons avait suivi Mme Barrone mais semblait moins inquiétante dans cette pièce vaste et claire. Trev, de dos, penché vers sa grand-mère, étreignait ses mains frêles dans les siennes.

La scène était si intime que Cécilia eut peur de paraître indiscrète. Elle recula dans le couloir, mais Mme Barrone l'avait aperçue. Presque à contrecœur, Cécilia pénétra dans la pièce.

Mme Barrone sourit. Un vrai sourire cette fois, non plus cette vague crispation des lèvres à laquelle Cécilia, hélas, s'était habituée. Ses yeux n'étaient pas vraiment brillants, mais elle n'avait plus le regard vague et éteint.

– Mme Barrone! je ne savais pas... Je suis tellement contente! Vous avez l'air en pleine forme!

Ce n'était peut-être pas l'absolue vérité, mais l'amélioration était spectaculaire. Cécilia croisa le regard de Trev.

– Cécilia! quel plaisir de vous voir, ma chérie. J'ai essayé de vous joindre au téléphone juste avant de venir, mais vous deviez être déjà en route.

Le ton de sa voix semblait affecté, presque forcé, et son regard sans bienveillance. Mais il alla à sa rencontre et l'embrassa sur la joue. Elle leva vers lui des yeux stupéfaits.

– Nous sommes fiancés. Vous avez oublié? Ayez au moins l'air contente de me voir, murmura-t-il.

– Pourquoi ne m'avez-vous pas appelée plus tôt? répondit-elle dans un souffle.

– Je viens seulement d'avoir la bague. Le bijoutier était souffrant.

Il arrive donc au grand maître de ne pas toujours dominer la situation, se dit-elle, tandis qu'il fouillait dans la poche de son gilet.

– Il vaudrait mieux que vous mettiez cette sacrée bague sans qu'elle s'en aperçoive.

Cécilia fit semblant d'arranger le col de sa veste pour que Trev puisse lui passer la bague au doigt. Il se tourna alors vers Mme Barrone, l'air tout à fait à l'aise, avec un large sourire.

– Désolé, mais le premier baiser était pour moi. Maintenant je vous la laisse, elle est toute à vous.

Cécilia alla poser ses lèvres sur la joue lisse de Mme Barrone. Une infirmière entra pour vérifier l'appareil qu'on lui avait fixé au bras.

– On ne vous laisse... jamais... en paix... grommela Mme Barrone sans quitter des yeux l'infirmière. Toujours... à s'agiter.

– Je suis si contente! s'écria Cécilia. Trev m'avait dit que... que vous aviez eu une petite rechute.

– Ces idiots de docteurs ont cru que... (Mme Barrone marqua une pause et soupira avant de continuer.)... que j'allais mourir. Mais je n'arrêtais pas de me dire... (Elle reprit encore sa respiration). Je ne mourrai pas. Je ne mourrai *pas*... avant que vous soyez mariés... tous les deux.

– Vous ne mourrez pas, renchérit Cécilia. Vous vivrez assez longtemps pour prendre vos arrière-petits-enfants dans vos bras.

Trev l'observait, une lueur cynique dans le regard. Cécilia se trouva brusquement ridicule. Pourquoi diable tenait-elle des propos pareils?

Il se rapprocha d'elle et se mit à lui caresser le bras.

– Nous en aurons au moins trois, n'est-ce pas, ma chérie?

Hors d'elle, les lèvres pincées, Cécilia le fusilla du regard. Comment osait-il? Les mots étaient venus tout seuls, elle avait parlé presque malgré elle, pour réconforter une femme âgée et malade. Mais Trev, lui... de qui se moquait-il donc?

Il avait posé les lèvres sur ses cheveux. Elle l'aurait volontiers giflé. Pourtant il se mêlait à cette envie des sentiments beaucoup plus troublants. Cette lente caresse sur son bras éveillait en elle un feu intérieur. Ce sourire tendrement complice la faisait chanceler. Et l'intensité de ce regard fixé sur le sien, ces yeux bleus qui paraissaient exprimer la passion, la bouleversaient.

Elle finit par détourner la tête et, d'un ton faussement enjoué, dit à Mme Barrone :

– Vous avez vu ma bague de fiançailles?

Comme elle avait refusé de la regarder chez le bijoutier elle la découvrit en même temps qu'elle. Le diamant était énorme, serti d'une constellation de petits brillants. Cécilia en eut le souffle coupé. C'était vraiment magnifique. Le dessin de la bague était à la fois moderne et délicat, comme elle aurait pu le choisir elle-même. Mais évidemment, ce n'était pas son avis qui comptait. Trev l'avait choisie pour faire un placement, et les gros diamants sont d'excellents investissements.

– Ravissant, murmura Mme Barrone, admirative.

– Pour ma fiancée, rien n'est trop beau, renchérit Trev.

Il avait toujours la main posée sur son bras. D'un froncement de sourcils, elle lui fit signe de s'écarter. Il sourit et la prit par la taille. Il s'amuse à me provoquer, se dit-elle, furieuse. Il savait parfaitement qu'elle ne pouvait rien dire. Il était difficile de crier *bas les pattes!* à l'homme dont on est soi-disant follement amoureuse. D'autant plus que Mme Barrone les observait d'un air radieux.

Cécilia décida de poursuivre la conversation avec Mme Barrone comme si de rien n'était. Elle lui parla de ses amis venus aux nouvelles, de ses promenades sur la plage et même du temps qu'il faisait.

Trev la tenait dans ses bras et il avait posé sa joue contre la sienne. Cécilia savait bien qu'il s'agissait d'une comédie qu'il jouait au bénéfice de Mme Barrone. Mais le contact de son corps la troublait au point de l'empêcher de respirer. Elle avait la sensation de tenir des propos vides de sens.

Elle écarta les mains de Trev et se dégagea de son étreinte. Puis elle s'exclama, le souffle court :

– Mon Dieu, je suis ici à bavarder au lieu de vous laisser tous les deux ensemble, bien tranquilles...

– Quel plaisir de vous voir..., murmura Mme Barrone... de vous voir si heureux ensemble.

Mais oui, pensa Cécilia amèrement, de vrais tourtereaux. Elle évita le regard ironique de Trev et passa de l'autre côté du lit pour mettre une barrière entre eux.

– Comment vous sentez-vous? demanda-t-elle d'un ton enjoué. S'occupe-t-on bien de vous?

– Le docteur a dit... une opération de la hanche...

Cécilia se tourna vers Trev. Cela signifiait-il que Mme Barrone était en état de supporter une opération?

– Oui. On a décidé de ne pas attendre, dit Trev sans se compromettre.

Cécilia était inquiète. Tout cela ne lui disait rien qui vaille. Trev se mit à parler d'autre chose, et Cécilia fut encore moins rassurée.

– Il va falloir choisir une robe de mariage. Vous devriez déjà y songer, suggéra-t-il d'un ton léger.

D'une main faible, Mme Barrone tira sur ses couvertures et ses yeux s'emplirent de larmes.

– J'aurais tant aimé être là, confia-t-elle d'une voix pleine de regret. Mais maintenant...

– Vous serez là... Que ferions-nous sans vous? affirma Trev avec conviction, en prenant sa main frêle dans les siennes. Après votre opération, quand vous aurez les joues toutes roses, nous célèbrerons le mariage ici-même, à l'hôpital, dans cette chambre. Une vraie cérémonie, avec un prêtre et du champagne.

Mme Barrone ouvrit de grands yeux et eut l'air de revivre. Elle avait presque le regard étincelant. Un coup d'œil de Trev mit Cécilia au défi de le contredire.

– C'est... C'est vrai..., confirma celle-ci d'une voix tremblante. Ici même, dans cette chambre.

Trev alla embrasser sa grand-mère.

– Pensez-y et reposez-vous. Nous reviendrons vous voir bientôt.

Cécilia l'embrassa à son tour. Mme Barrone

ferma les yeux, les traits détendus, soulagée. Trev et Cécilia sortirent sur la pointe des pieds et refermèrent doucement la porte derrière eux.

Cécilia était pleine d'une colère rentrée.

– J'ai accepté de jouer cette comédie, déclara-t-elle froidement, mais je n'accepterai pas vos familiarités.

Il sourit, désinvolte.

– Que penserait-elle si nous n'avions pas l'air de nous aimer?

– Cela ne peut pas continuer ainsi! s'écria Cécilia avec véhémence. Vous lui laissez espérer... Vous lui laissez croire...

– N'est-ce pas là ce que nous voulons? Qu'elle croie et qu'elle espère...

– Mais il y a des limites! D'abord la bague. Ensuite le mariage. Et dans sa chambre encore!

– Si cela vous pose un cas de conscience, retournez donc lui dire que nous avons menti, rétorqua-t-il avec irritation. Allez lui ôter ses illusions juste avant l'opération.

Cécilia le regarda droit dans les yeux. Il était froid comme le marbre. Elle ne pourrait jamais faire une chose pareille à Mme Barrone, et Trev le savait bien. Ce serait signer son arrêt de mort. Une opération, c'est toujours un risque; mais à l'âge de Mme Barrone et dans son état, les risques étaient encore plus sérieux. Les meilleures armes de la vieille dame restaient le courage et l'espoir.

Voyant que Cécilia mollissait, Trev adoucit le ton et se mit à lui expliquer pourquoi les docteurs avaient pris cette décision.

A moins de complications imprévues, l'opération devait avoir lieu de bonne heure le surlendemain.

– Je serai là, assura Cécilia.

– C'est inutile, je...

– Je serai là, répéta Cécilia.

Ils étaient parvenus à la voiture. En mettant la main sur la portière, Cécilia aperçut le diamant qui brillait à son doigt. Elle l'enleva.

– Tenez, il vaut mieux que je vous le confie. Je ne voudrais pas qu'il arrive malheur à vos investissements.

– J'aimerais que vous le portiez.

Doucement mais fermement il remit la bague au doigt de Cécilia.

Elle leva vers lui un regard surpris. Au contact de sa main, elle fut prise d'un frémissement involontaire.

– Mabel, l'amie de grand-mère qui s'occupe de ses plantes, viendra sans doute lui rendre visite. Ma grand-mère lui parlera sûrement de nous. Si Mabel n'a pas vu la bague, elle trouvera ça très bizarre. C'est le genre de détails que les vieilles dames remarquent toujours, ajouta-t-il avec cynisme.

– Je vois, murmura Cécilia d'un ton sec. Vous ne laissez vraiment rien au hasard.

Soudain, une pensée troublante lui vint à l'esprit.

– Mais cela veut dire que les gens vont croire...

– Je me moque de ce que les gens vont croire, déclara-t-il d'un ton froid et dédaigneux.

– Vous n'allez quand même pas jouer cette comédie à tout le monde, répondit-elle, suffoquée.

– Je ferai tout ce qu'il faudra faire pour sauver

ma grand-mère. Vous n'en êtes peut-être pas convaincue, mais je tiens beaucoup à elle.

Leurs regards se croisèrent. Trev avait l'air sombre et résolu. Cécilia comprit qu'il avait gagné, une fois de plus.

L'imposture allait franchir les limites de l'hôpital. La preuve en était là, à son doigt. Et Larry, qu'allait-il penser? Il fallait lui dire la vérité sur ses fiançailles. Malheureusement la discrétion n'était pas son fort. En particulier, il ouvrait volontiers son cœur aux serveuses de chez *Mama Jo.* Il suffisait de quelques propos en l'air, et cela pouvait revenir aux oreilles de Mme Barrone. Non, elle ne pouvait pas prendre ce risque.

Le lendemain, par bonheur, Larry eut la bonne idée de ne pas se montrer. Cécilia ne s'éloigna pas de chez elle. Elle n'avait pas envie d'aller crier sur les toits qu'elle était « fiancée ». Elle avait l'impression que, si jamais elle mettait le nez dehors, cette bague serait la cible de tous les regards et qu'elle serait assaillie de questions. Rivé à son doigt, ce diamant imposant semblait briller d'un éclat maléfique.

Dans la soirée, elle se rendit à l'hôpital. Mme Barrone était déjà sous l'effet des sédatifs. Quant à Trev, elle l'avait manqué de peu. « Trev » comme l'appelait la jeune infirmière, et non : « M. Barrone ». Encore une victime du grand séducteur, se dit Cécilia avec mépris.

Quand elle arriva à l'hôpital le lendemain matin, il n'y avait encore personne à la réception. Une infirmière la salua au passage d'un petit signe de la main. Elle n'était plus tout à fait considérée comme une étrangère. Tout ici lui était devenu familier, tristement familier : l'expression indéchiffrable de Trev, la salle d'attente, la cafeteria... Pendant l'opération ils allèrent y prendre un petit déjeuner. Les petites manies de Trev lui étaient également familières maintenant : il aimait le café noir, les œufs sur le plat bien cuits avec du bacon croustillant; il détestait les petits pains sucrés, la crème artificielle, la fumée de cigarette; il ne se gênait pas pour foudroyer les fumeurs d'un œil tel qu'ils n'osaient plus continuer.

Comme une autre opération devait avoir lieu après celle de Mme Barrone, le chirurgien n'eut pas le temps de leur parler. Son assistant, le Dr Hegelson, leur annonça que tout s'était passé sans histoires. Mais il ne put, ou ne voulut pas, leur donner le moindre détail. Mme Barrone se trouvait maintenant en observation dans le service post-opératoire. Ils ne pourraient pas la voir avant plusieurs heures.

Trev était d'avis que Cécilia rentre chez elle, mais elle refusa. Ils attendirent. Le temps s'étirait en longueur.

Tard dans l'après-midi, le Dr Martin fit enfin son apparition.

– Elle récupère de façon étonnante, leur annonça-t-il. C'est à peine croyable. A son âge et dans son état, après une attaque et avec une fracture...

– Elle n'est pas du genre à se laisser aller, approuva Trev, comme s'il en était fier.

Le docteur se tourna vers Cécilia.

– Vous êtes Cécilia, sans doute? Si j'ai bien compris, vous allez vous marier, tous les deux? Toutes mes félicitations.

– Comment le savez-vous? demanda Cécilia médusée.

– Mme Barrone s'est montrée très bavarde avant l'anesthésie. (Il rit). J'ai l'impression que votre mariage l'intéresse plus que son opération!

– Sera-t-elle bientôt rétablie? s'enquit Cécilia. Je veux dire, tout à fait rétablie, capable de rentrer chez elle?

Le docteur réfléchit.

– Je ne peux rien vous promettre, bien sûr. Honnêtement, en tant que médecin, j'ai du mal à m'expliquer des progrès aussi rapides. Tout se passe bien mieux que prévu. L'envie de vivre est une chose difficile à expliquer, mais parfois décisive. Et je crois que c'est le cas pour Mme Barrone. Elle se fait une telle joie de vous voir mariés! C'est un projet récent, je crois?

– Oui, assez récent, murmura Cécilia, l'air gêné.

Le docteur se leva :

– Eh bien, c'est le meilleur remède. Certainement bien meilleur que tous mes traitements.

Il tendit la main à Trev :

– Encore une fois, toutes mes félicitations. Vous avez beaucoup de chance.

– Le mariage... Ça prendra du temps, murmura Cécilia d'une voix mal assurée. Vous... vous êtes sûr qu'elle pourra vivre jusque-là?

– Elle n'a pas l'air d'en douter un instant. Mais à votre place, je ne tarderais pas trop.

Par la fenêtre, Cécilia et Trev regardèrent le docteur traverser la cour. Trev, les lèvres serrées, semblait perdu dans ses pensées.

– Et maintenant? demanda Cécilia mal à l'aise.

Trev répondit d'un ton sec :

– Je crois qu'il serait temps de songer aux formalités de mariage.

– De mariage? s'écria Cécilia suffoquée.

Il répondit d'un air grave et résolu :

– Nous allons arranger ça.

6

Cécilia passait presque tous les soirs à l'hôpital. Elle négligeait si bien son magasin qu'elle oublia même totalement un jour d'ouvrir la boutique. La santé de Mme Barrone continuait à progresser, avec des hauts et des bas que Cécilia jugeait inquiétants. Le médecin, lui, s'émerveillait au contraire. Grâce à Trev, il y avait toujours des fleurs fraîches, dans la chambre, dont les couleurs et le parfum égayaient l'atmosphère. Et il trouvait toujours une histoire amusante à raconter à sa grand-mère pour lui remonter le moral.

A présent, tout Caverna Bay était au courant de leurs fiançailles. Le plus difficile avait été de l'annoncer à Larry. La nouvelle l'avait choqué, presque assommé. Elle aurait aimé lui dire la vérité, mais comment faire? Cécilia, les nerfs à vif, n'arrivait pas à se détendre. Plus elle voyait Trev, plus elle était désemparée. Aucun homme n'avait jamais produit sur elle une telle impression. La comédie qu'il lui jouait devant Mme Barrone la mettait à la torture. Et pourtant elle ne vivait qu'en attendant ces instants où il la caressait. C'était des moments qu'elle redoutaït et qu'elle désirait tout à la fois. Parfois même, avec une sorte de fascination qui lui faisait horreur, elle imaginait d'autres caresses encore...

Pourquoi se conduit-il ainsi? se demandait-elle avec rage. Il ne le faisait pas toujours à l'intention de Mme Barrone. En effet, il lui arrivait de lui passer la main sur la nuque ou dans les cheveux, de la caresser d'un léger mouvement de ses doigts alors que la vieille dame ne pouvait pas les voir. Il le faisait peut-être exprès, parce qu'il se rendait compte de ce qu'elle éprouvait? Parce qu'il savait qu'elle ne pouvait pas résister? Peut-être même que ça l'amusait?

Un soir, un vendredi, Cécilia arriva un peu en retard : la batterie de sa voiture avait rendu l'âme. Quand elle entra dans la chambre de Mme Barrone, Trev, comme à son habitude, se leva pour l'embrasser sur la joue.

Elle s'efforça de garder ses distances, et d'éviter son regard moqueur.

– Vous avez l'air en pleine forme, dit-elle à Mme Barrone d'un ton enjoué.

– Je n'en dirai pas autant de vous, répliqua vivement Mme Barrone.

– Voyons, grand-mère, fit Trev d'un air de reproche, tu sais bien que Cécilia est la plus belle de toutes.

– La plus belle, bien sûr, reconnut Mme Barrone en observant Cécilia d'un œil critique. (Elle s'exprimait presque normalement.) Mais elle a une petite mine. Et je crois savoir pourquoi. Ces préparatifs de mariage... il y a quelque chose qui ne va pas.

Cécilia eut un moment de panique. Mme Barrone savait! Elle avait découvert la supercherie!

Cécilia reprit son souffle.

– Je suis vraiment désolée...

– Ne soyez pas désolée, l'interrompit Mme Barrone. C'est que je vous connais trop bien. Ce que vous auriez aimé, c'est un mariage à l'église, n'est-ce pas?

Cécilia, stupéfaite, resta bouche bée. Oui, c'était exact. Elle s'était toujours imaginé que son mariage – son vrai mariage – aurait lieu dans cette enceinte sacrée. Se marier, c'était s'engager pour la vie. Seule une église avait la dignité requise pour un tel serment. Mais tout cela était sans rapport avec cette farce.

– Pas du tout! je suis ravie au contraire de me marier ici, dans votre chambre, s'empressa-t-elle de répondre.

– Je n'en crois rien. Sinon vous ne feriez pas cette tête. (Mme Barrone tourna soudain les yeux vers Trev.) N'est-ce pas, Trev?

Il haussa les épaules et marmonna quelques mots inintelligibles.

– J'ai le vague souvenir de vous avoir entendue parler de corbeilles de fleurs, de robe blanche et de musique d'orgue..., poursuivit Mme Barrone rêveusement.

Cécilia était à la fois surprise et gênée. Non seulement Mme Barrone n'avait pas oublié ses ridicules bavardages, mais elle se faisait un plaisir d'en rajouter.

Cécilia implora Trev du regard, mais ce dernier, une main sur un vase de roses qu'il faisait tourner sur lui-même d'un air distrait, semblait perdu dans ses pensées. Désemparée, elle se tourna à nouveau vers Mme Barrone.

– Vraiment, je vous assure que ce sera parfait.

– Non, j'y tiens absolument, dit Mme Barrone. Vous aurez votre cérémonie religieuse.

Cécilia était la proie de sentiments contradictoires. Mais en un sens elle se sentait soulagée : plus besoin de se livrer dans cette chambre à une comédie ridicule. Elle fut saisie d'une soudaine inspiration :

– Comme il n'est pas question de mariage à l'église sans vous, nous n'avons qu'à remettre la cérémonie à plus tard.

Voilà qui permettrait à Mme Barrone de continuer à espérer; et, petit à petit, on oublierait ces fiançailles.

Mais Mme Barrone ne voulait rien savoir. Elle examina d'un air dégoûté son corps couvert de bandages et de pansements.

– Ah, mais non! répliqua-t-elle d'un ton résolu; peu importe ce que racontent ces idiots de docteurs. Occupez-vous des préparatifs, et moi je serai là... J'assisterai au mariage, même si je dois y rester, termina-t-elle hors d'haleine.

A nouveau, Cécilia supplia Trev du regard, mais il demeurait impénétrable. Mme Barrone se tourna vers lui.

– Je ferai tout ce que Cécilia voudra, murmura-t-il.

Cécilia, furieuse, serra les lèvres. Voilà qu'il lui laissait toute la responsabilité de cette affaire!

– Il va falloir que nous y réfléchissions, finit-elle par dire. Cela change tous nos plans.

– Je vous fais confiance, assura Mme Barrone. L'église, la réception, vous ferez tout cela très bien. Et j'y serai. Vous pouvez compter sur moi.

Cécilia se leva pour donner le signal du départ, mais Trev ne bougea pas. Elle s'approcha de lui et d'un air décidé passa son bras sous le sien.

– Venez, mon chéri, lui dit-elle tendrement. (C'était la première fois qu'elle employait avec lui un terme d'affection). Venez, nous avons encore beaucoup de choses à régler.

Ils embrassèrent Mme Barrone. Une marque d'affection réelle, celle-là, pensa Cécilia. Arrivés dans le couloir, quand elle fut sûre que Mme Barrone ne pouvait plus les entendre, elle s'écria :

– Il est grand temps de lui dire la vérité!

– La vérité? reprit-il en haussant les sourcils. Vous voulez lui avouer que nous lui avons menti? Que nous avons inventé toute cette histoire à cause d'elle?

Cécilia se mordit les lèvres. Elle se rendit soudain compte qu'elle le tenait toujours par le bras. Elle se dégagea brusquement et reprit :

– Inutile d'être aussi brutal. Il suffira de lui dire que nos fiançailles sont rompues, que finalement nous ne sommes pas faits l'un pour l'autre. Mais nous lui ferons comprendre que cela ne change en rien nos sentiments envers elle.

Trev ne dit rien. Ils traversèrent le hall. Trev, toujours impassible poussa la lourde porte d'entrée. Une pluie fine s'était mise à tomber.

– Vous m'entendez? s'écria Cécilia, exaspérée par son silence. Il faut prendre une décision! Nous n'allons quand même pas faire un faux mariage religieux?

Il s'arrêta et la regarda droit dans les yeux :

– Alors nous en ferons un vrai, fit-il, glacial.

– Vous ne savez plus ce que vous dites! s'exclama Cécilia. Il n'en est pas question! Il doit y avoir une manière de le lui expliquer. Elle va mieux, elle a repris des forces...

– Oui, c'est vrai, admit-il. Mais si vous ne voulez pas être accusée de ruiner sa santé, ne lui dites pas que nous avons menti. Vous lui briseriez le cœur. Elle ne s'en remettrait pas.

– Il suffit de faire preuve d'un peu de diplomatie.

– Pour la tuer à petites doses au lieu de lui briser le cœur une fois pour toutes? Si vous en êtes capable, allez-y. Moi pas.

– Allons donc, rétorqua-t-elle, sarcastique. Vous avez pu vous débrouiller au cœur de la jungle, mais vous ne pouvez pas...

– Je ne peux pas.

– Vous voulez dire que vous ne voulez pas!

Il haussa les épaules.

– Et alors, quelle différence?

En effet, cela ne changerait rien à rien, dut admettre Cécilia. De toute façon, il n'avait pas l'intention de faire quoi que ce soit... S'il fallait dire la vérité, et peut-être toute la vérité à Mme Barrone, c'était à elle, Cécilia, de le faire.

– Ce n'est pas juste! protesta-t-elle. Je n'aurais jamais dû m'embarquer dans cette galère!

Il se mit à ricaner.

– C'est vous qui m'avez accablé de reproches sous prétexte que je ne m'occupais pas assez de ma grand-mère! Vous ne semblez pas faire grand cas de mes efforts pour lui venir en aide.

Il a raison, pensa Cécilia tristement. Si la situation était aussi délicate, c'était tout autant de sa faute que de celle de Trev. Mais que faire?

Ils s'enferraient un peu plus chaque jour, incapables d'échapper au piège qui se refermait sur eux.

Cécilia revint à la charge.

– Vous n'espérez tout de même pas mettre votre projet à exécution? Il s'agit bien de se marier, je veux dire de se marier pour de bon?

– Tout a une fin, même les vrais mariages, assura-t-il. Simplement, il y en a qui se terminent plus vite que d'autres, voilà tout.

Bien sûr, c'est vrai, se dit Cécilia. Un mariage en règle, et puis un divorce vite expédié quand Mme Barrone aurait disparu. Tout bien considéré, cette cérémonie-là ne serait ni plus ni moins valable que celle qui avait été prévue dans la chambre de Mme Barrone. Ce serait seulement un peu plus compliqué.

Cécilia se trouva entraînée comme une somnambule dans un tourbillon de préparatifs. Trev avait décidé de ne pas regarder à la dépense. En cherchant quelque chose pour Mme Barrone, elle finit par trouver une robe de mariage à *Eureka.* A la grande joie de la vieille dame, elle lui faisait d'interminables descriptions de ses découvertes. Elles discutèrent de la liste des invités, du choix de la musique pour l'orgue, et de la composition du buffet.

Le bonheur de Mme Barrone faisait plaisir à voir. Cécilia était maintenant convaincue qu'elle serait en mesure d'assister à la cérémonie.

Elle invoquait cependant n'importe quel prétexte pour éviter de fixer avec précision la date du mariage. Il fallut pourtant bien se décider : la cérémonie aurait lieu un vendredi à 2 heures de l'après-midi pour que les invités de Mme Barrone, vu leur grand âge, puissent y assister et être de retour chez eux avant la nuit. Cécilia choisit comme témoin Beth Hylder, une amie d'enfance. Celui de Trev devait être le Dr Hegelson, avec qui il s'était lié d'amitié au cours de ses visites à l'hôpital.

Un choix qui ne manque pas de bon sens, se dit Cécilia non sans ironie. Etant donné l'âge moyen de l'assistance, la présence d'un docteur pouvait se révéler utile! Trev, lui, n'attendait ni parents ni connaissances. Lorsque Cécilia lui avait demandé qui il avait l'intention d'inviter, il avait haussé les épaules. Il préférait sans doute faire les choses discrètement. La nouvelle du mariage et du divorce ne devait pas sortir des limites du village...

Malgré tous ces préparatifs, Cécilia n'arrivait pas à y croire. Même l'examen prénuptial et la publication des bans lui apparaissaient comme une comédie. Et pourtant... Et si ce n'était pas du cinéma? Et si, au moment de dire *oui*, c'était un vrai serment qu'ils se prêtaient l'un à l'autre? Et si... mais cette pensée-là était beaucoup trop troublante pour être avouée, même à elle-même.

Cécilia demanda à Larry, presque en s'excusant, d'être son deuxième témoin. Il accepta, bien entendu. Comment aurait-il pu refuser? se dit-elle, confuse. Comme il lui demandait ce qu'ils comptaient faire une fois mariés, Cécilia lui répondit de manière évasive. Elle évoqua vaguement la santé de Mme Barrone, certains projets de Trev... C'était un sujet que Cécilia elle-même préférait chasser de son esprit. Elle avait parfois l'impression inquiétante que Trev lui réservait une mauvaise surprise...

Arriva le vendredi. Cécilia se réveilla l'estomac noué. C'est le jour de mon mariage, le plus beau jour de la vie d'une femme, pensa-t-elle avec ironie. Et elle n'avait même pas envie de sortir de son lit !

Et Trev, à quoi pensait-il ce matin ? Regrettait-il autant qu'elle de s'être embarqué dans cette affaire ? Mais elle éprouvait en même temps un sentiment d'excitation. Si seulement cette comédie ne me faisait pas tellement souffrir, songeait-elle. Mais elle ne pouvait s'en prendre qu'à elle-même si à la moindre caresse de Trev elle se mettait à trembler, si le sombre éclat de son regard allumait en elle un feu secret.

Enfin ! ce soir tout serait terminé, elle pourrait rentrer dormir chez elle. Il fallait seulement réussir à franchir cette journée.

Elle se força à avaler une tasse de café et un morceau de pain grillé. Après s'être fait faire une mise en plis chez l'unique coiffeur de Caverna Bay, elle se rendit à l'église pour déposer sa robe de mariée dans la pièce attenant à la sacristie. Les fleuristes étaient déjà là, avec ce qui lui parut au moins une tonne de fleurs pour décorer l'église. L'estomac serré, elle renonça à déjeuner.

Il était 1 heure de l'après-midi quand Larry vint la chercher pour la conduire à l'église. Il avait un drôle d'air.

– J'espère que tu seras heureuse Cécilia. Je le souhaite de tout mon cœur, déclara-t-il d'une voix émue.

– Merci, Larry. Tu as été si gentil. Je ne sais pas ce que je serais devenue sans toi.

Elle se pencha subitement, et l'embrassa sur la joue.

– J'ai toujours rêvé qu'un mariage nous réunirait, mais pas exactement de cette façon. C'est drôle, les rêves se réalisent parfois, mais d'une façon inattendue et désagréable.

Il la regardait, une curieuse grimace sur les lèvres.

– Excuse-moi. Je n'ai pas le droit de dire des choses pareilles. La seule chose qui compte, c'est... c'est que tu sois heureuse.

Elle lui sourit, les yeux pleins de larmes.

– Tu ne veux toujours pas me parler de vos projets? demanda Larry d'un ton enjoué.

Comme elle gardait le silence, il se remit à sourire.

– C'est bon. J'ai compris. Trev veut éviter la publicité. Mais je voudrais quand même te poser une question : est-ce que tu l'aimes, ce type? Est-ce que tu l'aimes vraiment?

Cécilia s'immobilisa, la main sur la poignée de la portière. C'était exactement la question qu'elle évitait de se poser...

Elle respira à fond.

– Mais oui, bien sûr, je l'aime vraiment.

Elle aurait voulu le dire plus fermement, mais elle n'avait pas pu empêcher sa voix de trembler.

Ce que Larry interpréta à sa manière.

– Tu n'en as pas l'air très heureuse, fit-il remarquer.

Qu'avait donc dit Larry, quelques instants auparavant? Que les rêves se réalisaient parfois, mais pas toujours comme on l'avait espéré! Et voilà que c'était son rêve à elle qui se réalisait. Elle était éperdument, passionnément amoureuse. Elle allait épouser l'homme qu'elle aimait. Et pourtant tout apparaissait désespérément faussé, comme une image dans un miroir déformant. Elle serra les lèvres et tenta de se ressaisir.

– Je... Je suis heureuse, parvint-elle à dire, d'une voix tremblante. Juste un peu nerveuse. C'est tout.

Larry allait répliquer, quand Beth Hylder passa la tête par la porte de l'église :

– Tu ferais bien de te dépêcher, lança-t-elle. Ton fiancé menace de commencer sans toi.

Le cœur de Cécilia se mit à battre à grands coups. Trev était déjà là, donnant des ordres et posant ses conditions... Larry lui serra la main en signe d'encouragement. Cécilia descendit de voiture. Ce n'était plus le moment de se poser des questions.

Elle s'habilla rapidement. Elle sentait sur sa peau l'agréable fraîcheur de la robe de satin. Le haut, très ajusté, moulait étroitement sa taille et sa poitrine, tandis que la longue jupe s'évasait jusqu'à terre en tournoyant autour d'elle. Beth s'affairait, redressant les coutures, ajustant les plis.

La sensation lancinante qui tenaillait l'estomac de Cécilia tournait à la nausée. Beth continuait à aller et venir, se précipitant parfois à la fenêtre pour surveiller les arrivées. Soudain, elle lui signala un photographe.

– Du studio *Beckley* d'Eureka, précisa-t-elle, visiblement impressionnée. Ce qui se fait de mieux et de plus cher.

Un photographe? Beth doit faire erreur se dit Cécilia. Aucune photo n'avait été prévue. Pourquoi Trev tiendrait-il à conserver un souvenir de cette journée?

Cécilia enfila des souliers de satin blanc. Elle s'aperçut tout à coup que personne n'avait songé aux traditionnelles fleurs d'oranger. Beth chargée de voir ce qu'elle pouvait faire, se précipita dehors.

Debout devant le miroir, Cécilia tentait d'arranger le voile de dentelle et de tulle que retenait un diadème orné de perles lorsqu'on frappa à la porte.

– Qui est là? lança-t-elle.

– C'est Trev.

Retenant son diadème des deux mains, Cécilia s'arrêta net. Dans le miroir, ses yeux noirs lui parurent soudain trop grands et son teint trop pâle, malgré le maquillage. Ses lèvres s'étaient mises à trembler, et d'un geste mal assuré elle porta une main à sa bouche. Elle songea tout à coup que, dans quelques minutes, Trev allait l'embrasser, et sa gorge se serra.

– Cécilia? Tout va bien? (La voix se fit insistante). J'aimerais vous parler un instant.

Elle se dirigea vers la porte et l'ouvrit d'un geste décidé.

– Oui? Vous désirez?

Elle avait parlé d'une voix claire, d'un ton affairé.

Il entra et referma la porte derrière lui. Il l'inspecta du regard. Satisfaction? Indifférence? Impossible à dire. Elle était agitée d'étranges émotions. Elle détourna les yeux et se mit à tripoter le bout de sa manche. Il avait une manière de la dévisager qui la mettait mal à l'aise, et ce ne fut pas sans mal qu'elle parvint à retrouver son calme.

– Puis-je entrer, ou le fiancé est-il censé ne pas se trouver en présence de la fiancée avant la cérémonie?

– Etant donné les circonstances, cela n'a aucune importance, répondit Cécilia prenant l'air indifférent.

Elle était incapable de le regarder dans les yeux. Elle retourna vers le miroir et se mit nerveusement à arranger son diadème.

– Vous vouliez me parler? lui rappela-t-elle. Nous n'avons plus beaucoup de temps...

– Je voulais juste m'assurer que vous n'aviez pas changé d'avis. Cela m'ennuierait de me retrouver seul comme un imbécile devant l'autel, avec ma bague à la main.

– Vous savez bien que je ne ferai jamais volontairement souffrir Mme Barrone, répliqua Cécilia, l'air distant.

Dans le miroir, elle le vit qui haussait les sourcils.

– Et si elle n'avait rien à voir avec tout ça?

– Dans ce cas, nous ne serions pas là, lui fit remarquer Cécilia.

Mais ne pouvant se contenir plus longtemps, elle se tourna vers lui :

– Trev, cette cérémonie est une farce! une mascarade! Tous ces braves gens qui nous attendent et que nous allons faire passer pour des idiots! C'est encore nous les plus idiots de tous!

Il haussa les épaules et tira quelques papiers de sa poche.

– J'aimerais que vous lisiez ce document. C'est mon avocat qui l'a établi.

– Qu'est-ce que c'est?

– Un projet de contrat. Il prévoit qu'en cas de...

euh... de séparation, chacun conservera ce qu'il a apporté au moment du mariage, et qu'il renoncera à toute réclamation concernant les biens appartenant à l'autre.

Stupéfaite, Cécilia leva les yeux.

– Croyez-vous vraiment que je veuille profiter de la situation pour faire une affaire? demanda-t-elle d'un ton cinglant.

– C'est une garantie pour vous comme pour moi, fit-il remarquer. Comme ça, je n'aurai pas le droit de réclamer une part de votre boutique.

– Vous êtes trop bon, répliqua-t-elle, sarcastique.

Elle prit le stylo qu'il lui tendait et signa les papiers.

– Vous ne voulez pas le lire?

– Je fais confiance à votre avocat, répondit-elle d'un ton sec. Et maintenant, si vous voulez bien, laissez-moi finir de me préparer.

Elle lui tourna le dos, et sans plus s'occuper de lui, se remit à arranger son voile.

Tremblante, elle le vit dans le miroir ouvrir la porte et sortir. Un contrat de mariage... Beth partie sérieusement à la recherche des indispensables fleurs d'oranger... l'aveu, qu'elle avait été obligée de se faire, de son amour pour Trev... C'en était trop pour elle. Tout dansait dans sa tête.

Et si elle s'esquivait par la porte de derrière sans demander son reste? Elle ne serait pas la première à s'être ravisée juste avant la cérémonie...

Comme elle se penchait à la fenêtre, elle vit arriver le Dr Hegelson, une infirmière et Mme Barrone, toute menue, assise bien droite dans la voiture. Elle avait tenu parole! Elle était venue voir son vieux rêve se réaliser enfin : le mariage de son petit-fils bien-aimé avec « une jeune fille gentille et raisonnable ».

Cécilia s'écarta de la fenêtre. Une « jeune fille gentille et raisonnable » ne se dérobe pas à ses obligations. Cécilia imaginait avec horreur ce que son geste insensé aurait signifié pour Mme Barrone. Comme elle l'avait dit à Trev, jamais elle ne ferait quoi que ce soit qui puisse la heurter. Lui non plus, d'ailleurs, se surprit-elle à penser. Cécilia sentait qu'elle avait été injuste quand elle l'avait accusé d'être incapable d'aimer. Il était pris au piège – comme elle.

Pris au piège, oui. Mais pas aveuglé. Il préparait soigneusement l'avenir. Ma foi, elle devrait bien, elle aussi, y songer sérieusement. L'après-midi serait vite passé. Avec la cérémonie et la réception, il y en avait pour deux heures tout au plus. Il suffisait de tenir jusqu'au bout, et le plus difficile serait fait. Mme Barrone retrouverait sa chambre d'hôpital, Trev son motel, et elle son petit appartement calme derrière sa boutique. Après quoi, ce ne serait plus qu'une question de temps. Malgré les remarquables progrès de Mme Barrone, il n'y avait pas un médecin pour lui donner une chance sérieuse de se rétablir définitivement.

Cécilia était partagée entre l'espoir et le remords. Comment en finir sans pour autant que ce soit aussi la fin de Mme Barrone? C'était impossible. La douleur, à nouveau, lui martelait la tête.

On frappait à la porte.

– Cécilia? appela Beth timidement, tout est prêt.

– J'arrive.

Un dernier coup d'œil dans le miroir : le voile cachait la détresse qu'on aurait pu lire dans ses yeux. La robe tombait jusqu'au sol en plis réguliers. La bague de fiançailles brillait à sa main droite tandis que la gauche se préparait à recevoir l'alliance. Elle s'aperçut soudain qu'elle allait oublier le bouquet que Beth lui avait apporté. Sa main se serra autour des roses thé et des fleurs d'oranger. Elle ouvrit la porte. Elle allait affronter une étrange épreuve : épouser l'homme qu'elle aimait...

Après quoi, tout se brouilla devant ses yeux. On aurait dit un film qui défilait trop vite. Il se fixait parfois sur une image, et reprenait son mouvement. Elle devina l'église, des fleurs, encore des fleurs, des visages qu'elle ne parvenait pas à identifier. Elle devina la musique, Larry la tenant par le bras, de nouveau des fleurs et leur parfum entêtant, et pour finir, une vision nette et précise : au premier rang, Mme Barrone dans son fauteuil roulant, le visage rayonnant de bonheur.

Elle se retrouva à côté de Trev, debout devant l'autel. Le prêtre parlait, et eux prononçaient les mots qu'on leur demandait de répéter. Trev lui passa la bague au doigt. A nouveau la voix du prêtre, faible et lointaine. Etait-elle réellement en train de vivre tout cela?

Quelqu'un souleva son voile. Trev, le regard distant, impénétrable, la fixait dans les yeux.

Il s'approcha et la prit dans ses bras. Doucement, sa main glissa le long de sa joue, de son cou, lui caressa le dos... Elle se serra contre lui. Elle vit, comme au ralenti, le visage de Trev se pencher vers le sien. Elle entrouvrit les lèvres dans l'attente d'un baiser. Et là, pour la première fois, elle découvrit ce que pouvait être un baiser de Trev. Un baiser passionné. Le baiser d'un homme à la femme qu'il désire, quand il veut le lui prouver.

Il finit par relâcher son étreinte. Les lèvres brûlantes et douloureuses, Cécilia vacilla. Elle avait l'impression d'être nue, exposée à la vue de tous. Et pourtant... et pourtant, de tout son être, elle ne désirait qu'une chose : se trouver à nouveau dans les bras de Trev.

Elle tremblait encore quand l'orgue entonna les premières mesures de la marche nuptiale. Trevor glissa son bras sous le sien. A travers le tissu, elle sentait l'étreinte possessive de ses doigts. Ils remontèrent les travées au milieu d'un océan de visages. Il y eut un éclair de flash. M. et Mme Trevor Barrone venaient de passer à la postérité.

La réception se déroula dans une annexe de l'église. Les amis de Mme Barrone étaient surprenants d'entrain pour leur âge. Il régnait une ambiance de fête et de bonne humeur. Trev et Cécilia coupèrent ensemble le gâteau à trois étages, surmonté de deux petites figurines en sucre à l'image des mariés. On continua à prendre des photos, dont plusieurs de Mme Barrone, rayonnante de fierté. Voilà pourquoi Trev avait fait venir un photographe! Pour Mme Barrone, bien sûr! Pour qu'elle puisse les montrer et les regarder, encore et encore. Jamais Trev n'avait paru autant à son avantage, traitant Mme Barrone et ses amis avec les soins les plus attentifs et se montrant particulièrement affectueux avec Cécilia.

Mais pour Cécilia était venu un moment difficile : il lui fallait déballer les cadeaux. Il lui était très désagréable de penser que des gens aux moyens modestes avaient fait des sacrifices pour un couple d'imposteurs. Elle poussa des *ah!* et des *oh*! admiratifs, s'extasiant devant tout, merveilleuses céramiques, ravissants dessus de table au crochet...

Elle avait les traits douloureux à force de sourire. Ses pieds étaient trop serrés dans ses escarpins. Elle n'en pouvait plus. Quant à Mme Barrone elle semblait, de plus en plus fatiguée. Cécilia lança un appel muet à Trev.

Trev leva la main.

– Avant que vous ne partiez...

Voilà qui est bien amené, se dit Cécilia, railleuse.

– ... Avant que vous ne partiez, j'ai une déclaration à faire.

Une déclaration? Quelle déclaration? se demanda Cécilia, soudain gênée par l'air de défi avec lequel Trev la regardait.

– Vous vous demandez tous quels sont nos projets. Si je vous ai paru aussi mystérieux, c'est que je voulais vous faire une surprise. A vous, ainsi qu'à ma charmante épouse. (Il adressa un grand sourire à Cécilia.) J'avais d'abord pensé m'installer avec ma grand-mère dans le sud du pays. Cette idée n'a pas eu l'air de l'enchanter, c'est le moins qu'on puisse dire.

Il y eut quelques rires discrets dans l'assemblée. Cécilia commençait à s'inquiéter. Où voulait-il en venir?

– J'ai donc changé mes plans, continua Trevor, et j'ai acheté une maison à Caverna Bay. Là où j'ai passé si souvent l'été avec ma grand-mère.

Et là où j'ai rencontré mon adorable épouse.

Trevor sourit à Cécilia, beaucoup trop stupéfaite pour réagir.

– Vous connaissez tous cette maison : c'est la nouvelle construction de style moderne qui surplombe la baie.

Cécilia en eut le souffle coupé. La maison de Rocky Point! Celle dont elle croyait qu'elle appartenait à quelqu'un de la télévision!

Trevor vint prendre Cécilia par la main.

– Ma grand-mère est déjà au courant. Mais en ce qui concerne ma femme, à voir son expression, n'avez-vous pas l'impression que c'est une complète surprise pour elle?

Tout le monde fit cercle autour d'eux. Cécilia répondait aux questions et aux félicitations. Mais elle tremblait intérieurement. Le piège se refermait à nouveau sur elle. Quand serait-elle au bout de ses peines? Non seulement cette comédie ridicule n'était pas terminée, mais elle allait devoir vivre sous le même toit que son odieux artisan. Où tout cela la mènerait-il? Elle jeta un coup d'œil à Trevor : il était tout à ses invités, totalement absorbé par la conversation.

7

Ils sortirent de l'église sous des averses de riz et dans le crépitement des flashes. Puis la file de voitures démarra dans un concert d'avertisseurs. Cécilia se laissa aller contre le siège et ferma les yeux. Elle n'avait eu ni le temps ni l'énergie de protester quand Trev avait fait sa surprenante déclaration. Et ce n'était pas fini! C'était même loin d'être fini! Ce qu'elle avait dû supporter jusqu'à présent n'était rien à côté de ce qui l'attendait : il leur faudrait vivre maintenant dans le mensonge vingt-quatre heures sur vingt-quatre. Comment avait-il osé faire une chose pareille sans lui demander son avis? Et le lui annoncer exprès à un moment où elle ne pouvait pas répliquer?

Voilà pourquoi Mme Barrone n'avait jamais posé de questions : elle savait. La seule à ne pas être dans le secret, c'était Cécilia.

Elle ouvrit les yeux et se mit à observer Trev. Maintenant que l'église était loin, son large sourire s'était envolé. Il se tourna un instant vers elle, mais se remit bien vite à surveiller la route en lacets qui longeait le côté sud de la baie.

– Quelle merveilleuse surprise pour une femme, le jour de son mariage qu'une jolie maison toute neuve! Vous ne trouvez pas? dit-il, moqueur.

Cécilia serra les lèvres pour ne pas répliquer. Le moment était mal choisi pour lui dire ce qu'elle avait sur le cœur. D'autant plus que les autres voitures les suivaient en faisant un tel vacarme que toute conversation était impossible.

Trev quitta la route devant une élégante grille en fer forgé. Une allée bordée de séquoias d'une hauteur impressionnante conduisait à la maison. C'était une construction imposante, avec une succession de toits et de terrasses, d'épais murs de pierre et de larges surfaces vitrées. Elle était entourée d'une grande variété d'arbres, de massifs, et de rochers, disposés avec art pour se fondre dans le paysage.

Trev s'arrêta sous l'auvent. Cécilia, qui n'avait pas quitté sa robe de mariée, sortit de la voiture à contrecœur. Trev guettait sa réaction.

– C'est magnifique, murmura-t-elle en se forçant. Je suis sûre que ça plaira beaucoup à votre grand-mère.

On entendait encore les klaxons des voitures qui, après avoir fait demi-tour, retournaient vers la ville. A travers les arbres, Cécilia regardait la ville de l'autre côté de la baie. Tout à coup, en une fraction de seconde, soulevée de terre, elle se retrouva dans les bras de Trev. Elle lui jeta un regard stupéfait.

– Mais qu'est-ce que vous faites? s'écria-t-elle.

– Je porte ma femme dans mes bras pour franchir le seuil de notre demeure.

Cécilia fut envahie d'une intense émotion. Trev, le visage tout près du sien, la tenait serrée contre sa poitrine, presque à lui faire mal. La porte était lourde, mais il s'arrangea pour l'ouvrir sans relâcher son étreinte. En passant, il accrocha la jupe de Cécilia qui remonta et lui découvrit les jambes. Trev la remit en place, non sans laisser son regard s'attarder le plus longtemps possible sur ce spectacle.

Cécilia était haletante. Ils étaient seuls maintenant. La comédie était devenue inutile. Et pourtant Trev la fixait du regard, les yeux pleins d'une fièvre étrange.

C'est alors que la voiture du Dr Hegelson vint s'arrêter juste derrière la Ferrari. Cécilia se figea. C'était donc ça! Encore une de ces mises en scène dont Trev avait le secret : il voulait jouer cette fois devant Mme Barrone, le rôle de l'heureux mari franchissant le seuil avec sa timide épouse dans les bras!

Cécilia se raidit tandis que Trev la transportait dans la maison.

– Vous pouvez me lâcher, maintenant! lui lança-t-elle dès qu'ils furent hors de vue de Mme Barrone. Inutile de vous forcer! Personne ne nous observe...

Et pourtant il ne la relâcha pas. Il la regardait fixement :

– Vous pensez vraiment que je n'agis jamais qu'en fonction du public?

Sans attendre sa réponse, il la transporta par le grand escalier jusqu'à un balcon qui dominait l'entrée, et sur lequel ouvrait une série de chambres. Effrayée par son expression résolue, Cécilia se mit à lui marteler la poitrine. Sans y prendre garde, il poussa du pied la première porte et la jeta sur un lit. Elle n'eut pas le temps de protester qu'il la plaquait sous lui et la maintenait prisonnière, sans lui laisser reprendre son souffle.

– Lâchez-moi! finit-elle par articuler.

Il fit celui qui n'avait pas entendu. Les yeux mi-clos, il la couvrait de baisers, sur le front, sur les yeux, dans le cou. Elle luttait pour se dégager, mais il posa ses lèvres sur les siennes, et Cécilia ne put s'empêcher de répondre à son ardeur. Il se rapprocha encore et glissa son bras pour la serrer contre lui tout en continuant à la dévorer de baisers. Comme prise de vertige, Cécilia eut l'impression que tout chavirait autour d'elle.

Il finit par la lâcher. Ses yeux brûlaient encore

d'une sombre ardeur. Sans la quitter du regard, il se redressa lentement, passa une main dans ses cheveux défaits et rajusta sa cravate.

Cécilia n'avait pas bougé. Il se pencha vers elle.

– Ça aussi, c'était destiné au public ? demanda-t-il, l'air farouche.

– Je ne vois pas ce que vous voulez dire, fit-elle, haletante.

Il l'observa un instant et prit un ton énigmatique :

– C'est possible, en effet.

Il se redressa et reprit son ton froid et poli :

– Vous trouverez tout ce qu'il vous faut dans le placard. Luther est allé chercher vos affaires pendant la cérémonie.

A nouveau, il lui adressa un de ces sourires dont il avait le secret et sortit de la pièce. Cécilia porta une main tremblante à sa bouche meurtrie.

Elle se sentait incapable de bouger. Ses yeux firent lentement le tour de la pièce. Tout était d'une somptuosité à laquelle elle n'était pas habituée : des meubles luxueux aux reflets brillants, une moquette d'un blanc d'ivoire, un combiné comprenant un bar, une chaîne stéréo et une télévision. Le couvre-lit était en épais velours piqué. Les fenêtres coulissantes donnaient sur une terrasse privée. Lentement, elle se leva et se dirigea vers une pièce servant de penderie. Ses vêtements étaient là, soigneusement alignés, et il restait encore beaucoup de place. Dans la salle de bains, plus grande que sa propre chambre à coucher, de larges miroirs étaient disposés en angle. La coiffeuse était imposante, et ses pauvres objets de toilette semblaient perdus au milieu de tant d'élégance.

Tout à coup, une idée vint la frapper. Elle se jeta sur la porte de l'autre penderie et aperçut des complets, des pantalons, des chemises, des chaussures...

Ainsi Trev croyait... Il s'imaginait... Comment osait-il!

Cécilia attrapa un chemisier de soie beige et un pantalon marron, se précipita dans la salle de bains et ferma la porte à clé. Ses mains tremblaient tandis qu'elle enfilait le chemisier. Elle était partagée entre la rage et le sentiment effrayant de sa propre faiblesse. Si Trev ne s'était pas arrêté de lui-même...

Il fallait mettre les choses au point sans plus tarder. Il fallait que Trev comprenne que ce petit jeu avait assez duré. D'un pas décidé, elle entra dans la penderie. Les bras chargés de vêtements, elle s'apprêtait à les transporter ailleurs quand elle hésita. Et si elle croisait le Dr Hegelson? Ou l'infirmière? Son attitude leur paraîtrait pour le moins étrange. A regret, elle remit les affaires en place.

Elle dévala l'escalier. La maison semblait abandonnée. Avisant une porte au bout d'un couloir, elle la poussa. Mme Barrone était là, dans son fauteuil roulant, contemplant par les vitres d'une fenêtre coulissante une jolie terrasse devant un rideau de séquoias. A sa grande surprise, Cécilia constata qu'on avait déjà installé un lit d'hôpital et un poste de télévision doté de commandes à distance. Un peu partout dans la pièce étaient disposées les plantes de Mme Barrone.

– Cécilia! Vous voilà enfin! Trev m'a dit que vous étiez allée vous changer.

– Où est-il?

– Le Dr Hegelson a un problème avec sa voiture. Trev et lui sont partis jeter un coup d'œil au moteur, et Mme Bundy est allée chercher ses affaires dans la voiture.

– Elle sera votre infirmière personnelle?

– Non. Trev en a engagé une autre, mais qui n'arrivera que dans un jour ou deux. Mme Bundy a accepté de rester en attendant.

Elle tendit la main à Cécilia. Ses yeux las s'éclairèrent soudain.

– Vous ne pouvez pas savoir comme je suis heureuse. Et tout ça grâce à vous.

– Moi aussi, je suis heureuse, répondit machinalement Cécilia en prenant la main de Mme Barrone dans les siennes.

– Mais j'ai bien peur d'être une gêne pour vous deux. Je suis sûre que c'est à cause de moi que vous n'êtes pas partis en voyage de noces.

– Pas du tout, ne croyez pas ça!

– Il aurait fallu que vous puissiez passer au moins quinze jours tranquilles, seuls dans cette maison, insista-t-elle. Quand on est amoureux, une vieille dame et une infirmière qui s'agite autour d'elle, c'est bien la dernière chose dont on a besoin!

Tout à coup, Cécilia s'imagina seule dans la maison avec Trev. Sans personne pour les déranger, avec un feu de bois romantique dans la cheminée, les lumières au loin sur la baie, et là-haut un grand lit couvert de velours... Les mains moites, envahie d'une étrange faiblesse, elle avait l'impression d'être à nouveau étroitement serrée dans les bras puissants de Trev. Saisie d'angoisse, elle se mit à frissonner.

– Je suis heureuse que vous soyez ici, dit-elle, contrôlant avec peine le tremblement de sa voix. Très heureuse même, ajouta-t-elle soudain, s'efforçant d'effacer cette vision qui la poursuivait – attirante et effrayante à la fois.

– Cette maison vous plaît? demanda Mme Barrone.

– Oui, elle est magnifique, dit Cécilia en regardant les arbres par la fenêtre. Mais vous, vous étiez au courant?

– Oui. Trev avait compris que je ne voulais pas quitter Caverna Bay. C'est pour ça qu'il était absent quand je suis tombée : il était parti à Los Angeles vendre la maison de Palm-Springs et acheter celle-ci. J'ai bien peur de lui avoir causé beaucoup d'ennuis. (Elle eut un petit sourire malicieux.) Mais quand je vois le résultat, je ne suis pas mécontente.

Les « affaires » de Trev, c'était donc cela! Pourquoi ne lui en avait-il jamais parlé? Il aurait pu se justifier facilement. Il est vrai que Trev ne considérait pas comme digne de lui de se justifier.

– Trev m'avait demandé de n'en rien dire, ajouta Mme Barrone. Il voulait vous faire une surprise.

Pour une surprise, ça a été une surprise pensa Cécilia avec amertume. D'une voix hésitante, elle demanda :

– Et notre mariage? Ça a été une surprise pour vous?

– Pas vraiment, répondit Mme Barrone. Trev a été très impressionné quand il vous a rencontrée sur la plage. En rentrant, il m'a posé un million de questions à votre sujet.

– Vraiment? demanda Cécilia.

Mme Barrone eut un hochement de tête affirmatif. Cécilia troublée, préféra changer de sujet.

– C'est un endroit merveilleux. Je me demande si Trev... je veux dire... je sais que son livre et son film lui ont rapporté beaucoup d'argent, mais...

– Mais vous vous demandez si tout cela n'est pas au-dessus de ses moyens? (Mme Barrone se mit à rire.) Ne vous inquiétez pas. Trev avait des grands-parents fort riches, qui lui ont laissé beaucoup d'argent. Il a également hérité de sa mère, morte en Afrique, à la suite d'une maladie des reins incurable.

Très étonnée, Cécilia se tourna vers elle.

– Je ne savais pas que sa mère était morte.

– Je viens de l'apprendre.

Mme Barrone était devenue triste.

– Maintenant j'ai des remords. Je regrette de l'avoir si mal jugée pendant tant d'années. D'après Trev, elle se savait depuis longtemps condamnée. C'est pourquoi elle désirait tellement profiter de la vie, avant qu'il ne soit trop tard...

Cécilia s'était mise à marcher de long en large. Avec sa moquette verte et les plantes, cette chambre ressemblait presque à un jardin d'hiver. La salle de bains, étincelante, donnait sur la chambre de l'infirmière.

– Trev vous a-t-il dit pourquoi il ne vous avait pas donné signe de vie pendant toutes ces années?

Mme Barrone hésita un moment avant de répondre :

– Sa mère lui racontait des... des histoires. Elle disait que j'étais une vieille dame très riche et très avare et que je ne voulais pas le voir à cause d'elle.

– Mais c'est terrible! s'écria Cécilia, indignée.

– C'est peut-être à cause de sa maladie... c'est peut-être aussi de ma faute. J'aurais dû essayer de comprendre, dit Mme Barrone incapable de rancune. Mais la seule chose qui compte, maintenant, c'est que Trev et vous soyez unis. Il vous aime beaucoup, vous savez.

– Il vous l'a dit? demanda Cécilia, sentant s'éveiller en elle un étrange espoir.

– Non, mais je le sais. Comme je sais que vous l'aimez.

Mme Bundy vint alors les interrompre, l'air affairé, tenant d'une main un sac de voyage et de l'autre une brassée de fleurs qu'elle ramenait de l'église. Cécilia l'aida à installer Mme Barrone dans son lit. Elle embrassa la vieille dame sur la joue, et lui annonça qu'elle allait continuer à explorer la maison.

Elle gagna le salon. Le paysage disparaissait déjà dans la brume et l'obscurité naissante. Un feu de bois crépitait dans la cheminée. Un énorme canapé faisait toute la longueur de la fenêtre, et sous le balcon était accrochée une marine splendide. Assise sur une chauffeuse près de la cheminée, Cécilia, la tête dans les mains, se mit à contempler les flammes.

Sa conversation avec Mme Barrone lui avait beaucoup appris. Elle comprenait maintenant pourquoi sa vieille amie était restée si longtemps sans nouvelles de son petit-fils, et aussi pourquoi Trev avait fait ce voyage d'affaires. Mais comment avait-elle pu, ne serait-ce qu'un instant, avoir la naïveté de croire que Trev l'aimait? S'il avait réussi à en convaincre sa grand-mère ce n'était là qu'une nouvelle preuve de ses talents de comédien. Malheureusement, Mme Barrone avait raison en ce qui concernait ses sentiments à elle...

Depuis qu'elle s'était assise devant la cheminée, le feu avait eu le temps de se consumer. Il ne restait plus maintenant que des braises rougeoyantes dans la pénombre. Tout à coup, un bruit la fit sursauter.

– Je suis désolé... Je ne voulais pas vous faire peur...

Trev s'était changé. Il avait mis un pantalon de velours et une chemise à carreaux. Cécilia l'observa avec méfiance.

– Grand-mère dort et Mme Bundy mange dans sa chambre. J'ai demandé à Luther de nous préparer un dîner froid.

Cécilia s'aperçut qu'elle n'avait rien pris depuis le petit déjeuner, à part quelques miettes du gâteau de mariage.

– Qui est Luther? demanda-t-elle.

– Luther et sa femme Marie travaillaient pour mes grands-parents. Marie est un vrai cordon bleu, mais je crois qu'il nous faudra une personne de plus pour s'occuper de la maison.

Cécilia prit longuement sa respiration. Le moment était venu de s'expliquer.

– Pourquoi mes affaires sont-elles dans votre chambre? demanda-t-elle sèchement.

– C'est probablement que Luther a cru devoir les y mettre, répondit Trev d'une voix calme. (Puis il ajouta, avec une pointe de sarcasme :) Il me semble me rappeler que le prêtre nous a déclarés mari et femme.

Mal à l'aise, Cécilia se mordit la lèvre. Il était possible après tout que ce soit le mystérieux Luther qui ait pris cette initiative. Mais il était tout aussi possible que ce soit Trev qui lui en ait donné l'ordre. Dans ce cas, il devait bien s'amuser... Elle le regarda du coin de l'œil. Assis par terre, face à la cheminée, il s'était adossé au canapé, les jambes allongées devant lui. Il avait l'air détendu de celui qui se sent confortablement installé chez lui. Une bûche roula dans la cheminée et crépita. Elle vit briller des reflets dans ses cheveux noirs, tandis qu'à la lueur des flammes son visage s'éclairait d'un sourire démoniaque :

– A quoi pensez-vous?

– Je veux qu'on mette mes affaires dans une autre chambre.

Elle avait parlé d'un ton légèrement pincé. Elle aurait dû faire preuve de plus d'autorité.

– A votre guise, répliqua-t-il aussitôt. (Il semblait particulièrement cordial.) Je vais demander à Luther de s'en occuper immédiatement.

Cécilia hésita. Luther ne risquait-il pas de trouver cela bizarre?

– Non. Je m'en occuperai moi-même, décida-t-elle.

– D'accord. Mais rien ne presse, ajouta-t-il. Attendez au moins que nous ayons dîné.

Il attrapa une nouvelle bûche et la jeta dans le feu. Ils regardèrent tous les deux en silence s'élever une gerbe d'étincelles.

– Pourquoi avez-vous acheté cette maison? demanda Cécilia.

– Grand-mère était fermement décidée à ne

pas quitter Caverna Bay. Et comme vous ne vouliez rien faire pour qu'elle change d'avis...

– Qui a dit cela? interrompit Cécilia indignée. Je voulais justement aller la voir pour lui en parler. Bien sûr, je me rends compte que j'aurais dû intervenir plus tôt, mais il se trouve que j'ai eu beaucoup de... beaucoup de choses à faire, finit-elle par marmonner en guise d'excuse.

– J'ai attendu, mais comme vous ne veniez pas...

– Vous n'avez pas dû attendre bien longtemps, protesta-t-elle.

Elle avait mal dans le dos d'être restée si longtemps assise sans bouger. Elle se leva, et une fois debout, elle retrouva un peu de son assurance.

– Vous étiez simplement furieux parce que je ne vous suivais pas comme un petit chien. Et à propos de cette maison, vous auriez pu me dire que vous l'aviez achetée!

– Je ne vois pas pourquoi. Personne ne pensait que Grand-mère allait survivre.

– Malgré tout vous auriez pu me prévenir avant et ne pas m'annoncer ça en pleine église.

– Peut-être. Pour tout vous dire, j'avais un peu peur que vous refusiez de vous marier dans ces conditions. J'avais tort? demanda-t-il.

– Je ne sais pas. Mais j'avais le droit de savoir avant de me décider.

A un regard de Trev, Cécilia comprit qu'ils n'étaient plus seuls. Luther, venait d'entrer, un grand plateau dans les bras.

– Vous pouvez tout poser ici, ordonna Trev. Nous nous servirons nous-mêmes.

Luther déposa le plateau devant la cheminée. Il avait également apporté une bouteille de champagne dans un seau d'argent, plein de glace pilée. Il repartit aussi discrètement qu'il était venu.

Cécilia contemplait le décor, soudain mal à l'aise, la gorge sèche : un grand feu de bois romantique, du champagne bien frappé, et Trev, terriblement séduisant, nonchalamment allongé, l'air détendu, devant la cheminée. Elle alla prendre une lampe derrière le grand canapé.

– Je vais allumer, il fait bien sombre ici.

Elle était passée si près que Trev n'eut qu'à tendre le bras. Il la saisit doucement par la cheville.

– Non, laissez. Le feu est beaucoup plus agréable, vous ne trouvez pas? Ecoutez, je vous assure que je comprends votre gêne. Mais je n'avais pas prévu tout ça quand j'ai inventé cette histoire de mariage. Maintenant il est trop tard pour reculer. Autant faire contre mauvaise fortune bon cœur. C'est une situation très provisoire, si cela peut vous consoler.

Après tout, il avait raison. Autant prendre les choses du bon côté. Et où trouverait-elle une maison pareille, un panorama aussi fabuleux, des domestiques, sans oublier le champagne, bien au frais dans un seau à glace? Si seulement ses sentiments pour Trev étaient différents! Si seulement elle pouvait, comme lui, prendre son mal en patience! Ne pas être en proie à ce sentiment tendre et douloureux qui la rongeait...

– Voyons, c'est notre nuit de noces, dit-il d'un ton enjoué. Ne pourrions-nous pas être au moins bons amis?

Son ton était si désarmant que Cécilia en fut troublée. L'être dur et arrogant semblait avoir fait place à un homme doux et compréhensif, presque compatissant.

– Amis? demanda-t-il, la main tendue.

– Amis, répondit-elle.

Ils se serrèrent cordialement la main. Cécilia avait le cœur battant. Assis en tailleur sur le sol, ils commencèrent à manger. Il y avait une bisque de crabe odorante, du pain français croustillant recouvert de parmesan râpé, des chips épicés et aussi, à la grande surprise de Cécilia, un gros morceau du gâteau de mariage.

– Je vois que Marie est une sentimentale, fit Trev, ironique. Je me demande comment elle a fait pour dénicher ce gâteau.

– Pas la moindre idée, répliqua Cécilia.

– Un peu de champagne? proposa-t-il.

– Pourquoi pas, répondit-elle sans hésiter, du même ton familier.

Trev la regardait en souriant, et Cécilia pouvait voir les flammes se refléter dans ses yeux. Il ouvrit la bouteille d'une main experte, fit sauter le bouchon et remplit les coupes sans répandre une seule goutte. Cécilia, qui n'avait jamais goûté de champagne de sa vie, le trouva léger, pétillant et, pour tout dire, délicieux. C'était si facile à boire! Elle vida son verre d'un trait, à l'amusement de Trev, qui s'empressa de lui en servir un autre.

– Cela va vous faire du bien. Tous ces temps-ci, vous avez vécu sur les nerfs. Encore maintenant, je vous sens toute tendue.

Cécilia eut beau protester et affirmer qu'elle se sentait parfaitement bien, Trev vint quand même se mettre derrière elle et commença à lui masser les épaules et le dos. « Il a raison », se dit-elle comme dans un songe. Sous l'effet du champagne et de ses mains habiles, elle commença à se détendre, tandis qu'une douce chaleur la pénétrait lentement.

– Quand l'infirmière doit-elle arriver? demanda-t-elle, en savourant à petites gorgées une nouvelle coupe de champagne.

Il lui massait la nuque et elle sentait ses muscles se dénouer petit à petit.

– Elle devrait déjà être là, répondit-il. Elle vient de San Francisco.

Il parlait d'une voix douce, qui l'hypnotisait presque. Un sentiment de bien-être inconnu l'envahissait, tandis que Trev faisait courir ses doigts le long de son dos.

– C'est une infirmière comme Mme Bundy, très capable et très compétente, dit-il.

Nous devrions continuer à parler comme ça, pensait vaguement Cécilia. Il y avait tant de choses à régler : que faire avec la boutique, par exemple. Ou encore : comment en finir avec toute cette histoire. Mais, curieusement, tout cela lui paraissait déjà bien loin et sans importance.

Comme dans un rêve, Cécilia eut l'impression que Trev avait cessé de lui masser le dos. Elle sentit un baiser se poser sur sa nuque puis sur son épaule nue, que dégageait son corsage entrouvert.

Soudain, au plus profond d'elle-même, un signal secret vint l'avertir du danger. Elle devait l'arrêter avant qu'il ne soit trop tard. Mais une étrange langueur l'avait envahie; elle voulut protester et elle eut à peine la force de parler.

– Trev...

Il se taisait. Il lui caressait la joue, le creux de

la gorge, l'arrondi de l'épaule, tandis qu'elle s'agitait, se retournait.... Elle ne savait pas si elle voulait échapper à ces mains qui lui prodiguaient une si exquise douleur, ou au contraire s'en rapprocher...

– Non, je vous en prie...

Penché sur son corsage ouvert, il effleurait de ses lèvres la poitrine de Cécilia, s'aventurait au creux de ses seins.

Vibrant au rythme des caresses, Cécilia tremblait doucement. Elle avait la sensation étrange qu'il jouait sur elle comme sur un instrument de musique, et cette musique était si douce qu'elle ne pourrait jamais s'arrêter. Elle leva son visage vers lui et il déposa sur ses lèvres entrouvertes un baiser profond, ardent, passionné.

Non, rien de tout cela n'était réel. Elle avait l'impression de se trouver dans un univers imaginaire où tout était permis. Elle se mit à suivre du doigt la courbe de ses lèvres, passa sa main dans sa chevelure épaisse et l'attira vers elle. Elle s'abandonna alors tout entière à un baiser presque sauvage.

– Montons, murmura-t-il d'une voix rauque.

Elle crut que le sang se figeait dans ses veines. Non, ce n'était pas un rêve. C'était Trev, le vrai Trev, qui la tenait serrée dans ses bras. Il avait retiré sa chemise, et l'on pouvait voir les reflets des flammes sur sa peau cuivrée. Il pressait son torse nu contre elle. Les doigts tremblants, il essayait maladroitement d'écarter la barrière de tissu qui les séparait encore. Je dois l'arrêter, pensa-t-elle affolée. Tout de suite. Après il sera trop tard. Mais il y avait la chaleur de ses mains sur sa peau, une chaleur animale qui la pénétrait peu à peu. Il était déjà trop tard. Mue par une force presque primitive, une attraction irrésistible l'entraînait vers lui. Elle promenait ses mains sur la peau douce de son dos nu, exaltée par le désir qui la submergeait...

Un bruit strident résonna dans sa tête. Un bruit désagréable, auquel elle ne fit d'abord pas attention. Tout à coup elle comprit : le téléphone sonnait.

Trev grommela entre ses dents.

– Ne répondez pas.

Leurs visages se touchaient presque. Elle fit un mouvement, mais il la retint contre lui.

Il va s'arrêter dans une seconde. Non, il n'arrêtait pas. Il sonnait, encore et encore.

– Il faut répondre, dit-elle, mal à l'aise.

– Luther n'a qu'à prendre la communication.

Cécilia se redressa brusquement. Et si Luther venait annoncer à Trev qu'on le demandait à l'appareil ?

Il allait la trouver dans cet état, les vêtements défaits, les cheveux en désordre. Elle s'empara du récepteur.

– Oui ? fit-elle.

Il y eut un instant de silence.

– Pourrais-je parler à Trev, s'il vous plaît ?

C'était une voix féminine, apparemment jeune, et qui ne manquait pas de séduction.

– De la part de qui ? demanda brusquement Cécilia, sans même savoir pourquoi.

– Dites-lui que Stella le demande.

– Stella ? répéta machinalement Cécilia, estimant que le nom allait bien avec la voix.

Cécilia tendit l'appareil à Trev et s'empressa d'aller remettre un peu d'ordre dans ses vêtements. Elle eut du mal à se reconnaître dans la silhouette échevelée qu'elle vit se refléter dans une vitre. Seigneur! Que lui était-il arrivé? Elle avait l'impression de s'être trouvée au bord d'un précipice et d'avoir sauté en arrière par miracle au dernier moment. En fait, la vérité n'était pas tellement différente. Elle s'était conduite de manière indécente et vulgaire.

Est-ce indécent et vulgaire de se laisser caresser par celui qu'on aime? Oui, décida-t-elle, si lui ne vous aime pas.

Elle se dirigea vers l'escalier.

– Attendez! lui lança Trev. (Il ajouta aussitôt en riant :) Non, non, pas vous! Entendu, à demain.

Il raccrocha et rattrapa Cécilia.

– Où allez-vous?

– En haut, répondit-elle. Mais pas dans votre chambre, si c'est ça que vous pensez.

Elle hésitait, mais la curiosité finit par l'emporter.

– Qui était-ce?

– Stella McNary, l'infirmière. Elle a eu des ennuis avec sa voiture. Elle s'est arrêtée en route et n'arrivera que demain. (Il l'enlaça). Et si nous prenions encore un peu de champagne? proposa-t-il.

Trev lui avait parlé d'une infirmière très compétente et Cécilia avait imaginé une femme d'un certain âge, aux allures discrètes, quelqu'un dans le genre de Mme Bundy. Cette Stella était peut-être pleine d'expérience, mais à en juger par sa voix, c'était probablement dans un tout autre domaine. Sans compter qu'elle n'avait pas demandé « M. Barrone » mais « Trev ». Pour une nouvelle employée, voilà qui n'était pas banal.

– Vous la connaissez personnellement, je suppose? demanda Cécilia.

– Oui, plus ou moins, reconnut Trev, l'air agacé. A mon retour d'Afrique, j'ai été hospitalisé à San Francisco, et Stella – Mlle McNary – s'est occupée de moi pendant quelque temps. En fait, c'est elle qui m'a poussé à écrire. Non seulement elle m'a encouragé, mais elle a réussi à trouver un éditeur. Je lui dois beaucoup. (Il ajouta, impatient :) Ecoutez, je n'ai pas vraiment la tête à ça. Si nous parlions d'elle une autre fois?

Il passa ses deux bras autour de Cécilia et l'attira contre lui. Elle se raidit aussitôt contre le désir qui l'envahissait de répondre à son étreinte.

– Est-ce qu'elle sait que... nous sommes mariés?

– Je n'en suis pas sûr. (Il fronça les sourcils et réfléchit.) Non, je ne pense pas.

Il posa ses lèvres au creux de son cou.

– Venez, allons nous asseoir sur le canapé.

Un vertige la prit. Cécilia crut voir des points brillants comme des étoiles passer devant ses yeux. Elle était prête à le suivre, à s'abandonner. Elle l'aimait et il la désirait. Il ne jouait pas la comédie, elle le sentait dans chacune des fibres de son être.

Mais c'était bien là la question... Elle l'aimait et lui se contentait de la désirer.

– Je monte, dit-elle, butée. Je vais essayer de me trouver une chambre.

Il releva la tête.

– Mais pourquoi? Il y a un instant encore, vous étiez loin d'être réticente. (Il y avait de l'irritation dans sa voix.) Nous sommes légalement mariés, vous savez.

– Ce n'est pas un vrai mariage.

Il serra les lèvres.

– Que peut souhaiter de plus une jeune fille charmante et raisonnable comme vous? Un beau certificat, une belle cérémonie, une belle bague... et diablement chère en plus.

Elle ne pouvait en croire ses oreilles. Croyait-il donc l'avoir achetée? Elle voulut s'arracher de son étreinte qui s'était cruellement resserrée.

– Je ne vous comprends pas, lança-t-il, la voix dure. Je suis pourtant loin de vous être indifférent. J'en suis sûr.

Comme pour s'en convaincre, il suivit du doigt la courbe de ses lèvres en un geste provocant. Elle se mit à trembler.

– Il y a des femmes qui rêvent de pouvoir s'abandonner. Vous, vous luttez de toutes vos forces pour y résister. Je le sens bien.

C'était vrai. Elle ne voulait pas lui céder. Elle employait toute sa volonté à se raidir, à ne pas se laisser aller à l'envie folle qu'elle avait de se fondre en lui.

Il la saisit par les épaules et, le regard sombre, il la fixa dans les yeux. Puis il dit brutalement :

– Au diable vos scrupules. Vous me désirez, je vous désire... Alors profitons-en, que ce mariage serve au moins à quelque chose.

Cécilia le regarda d'un air incrédule. Que ce mariage serve à quelque chose? A quelqu'un, oui. A lui. A lui seul. Est-ce qu'il la prenait pour une esclave qu'on livre aux caprices de son maître?

Folle de rage, elle leva le bras, et sa main grande ouverte s'abattit à toute volée sur la joue de Trev.

8

Inconfortablement drapée dans une serviette de bain en guise de chemise de nuit, Cécilia, allongée dans un lit inconnu, se remémorait les derniers événements de la soirée.

Après s'être ruée dans l'escalier, elle s'était enfermée à double tour dans la première chambre venue, se rappelant trop tard qu'elle avait laissé ses affaires dans celle de Trev. Sa dignité, et l'état de rage dans lequel il l'avait mise, l'avaient retenue d'aller les lui réclamer. Et lui naturellement, était trop fier et trop obstiné pour les lui rendre, constatait Cécilia furieuse. Quelques minutes à peine après qu'elle se fut enfermée, elle l'avait entendu passer au pas de charge dans le couloir.

Il ne manquait pas d'audace! Vouloir terminer cette mascarade par une vraie nuit de noces! L'abreuver de champagne et de caresses, en riant intérieurement de sa facile conquête! Combien facile! songeait Cécilia rouge de confusion. Si le téléphone n'avait pas sonné, si cette voix de femme au bout du fil ne l'avait pas rappelée à la réalité... Trev était un être froid, calculateur, cynique. Pour lui, même si on s'était fourré dans un guêpier, il fallait encore en tirer un profit. Et voilà toute la considération qu'il a pour moi, se disait Cécilia, cruellement blessée dans son amour-propre. Comment pouvait-on s'éprendre d'un homme pareil? Et pourtant... elle l'aimait éperdument. A son grand désespoir elle ne rêvait que d'une chose : se retrouver dans ses bras. Peut-être aurait-elle mieux fait de ne pas répondre au téléphone?

Quoi? Est-ce qu'elle devenait folle? Elle n'aurait jamais dû laisser les choses en arriver là. Il fallait qu'elle reprenne le contrôle de la situation. Fini les démonstrations d'affection de Trev, sauf en présence de Mme Barrone. Demain, à la première heure, elle demanderait à Luther de transporter ses affaires dans une autre chambre. Qu'il en pense donc ce qu'il voudrait; cela n'avait plus aucune importance.

Mais à quelque chose malheur est bon. Trev l'avait tellement humiliée par ses propos que, quoi qu'il fasse maintenant, il ne pourrait jamais la blesser plus cruellement.

Mais le lendemain, quand arriva Stella McNary, Cécilia comprit qu'elle s'était trompée...

Quand la nouvelle infirmière fit son apparition, Cécilia était en train de déjeuner avec Mme Barrone. Ses affaires étaient déjà soigneusement rangées dans sa nouvelle chambre. Bien que de dimensions plus modestes celle-ci était tout aussi luxueuse et confortable que l'autre.

Au moment où Mme Barrone lui avouait que c'était elle qui avait fait apporter les restes du gâteau de mariage, un rire léger en provenance du couloir suivi d'un murmure de voix, furent les premiers signes de la présence de Stella McNary. Quand l'infirmière entra dans la chambre avec Trev sur ses talons, Cécilia ouvrit des yeux ronds.

Elle ne ressemblait en rien à l'image classique de l'infirmière, telle que Cécilia se la représentait. Elle avait de longs cheveux blonds, savamment décoiffés, le teint bronzé malgré la saison et de grands yeux verts. Elle portait un pantalon très ajusté, des bottes à hauts talons, de longues boucles d'oreilles et un chemisier de soie brillante qui épousait parfaitement sa poitrine bien faite et sa taille fine. Elle devait avoir neuf ou dix ans de plus que Cécilia et pourtant, à côté d'elle, Cécilia se sentit tout à coup vieille et sans éclat. C'était là l'infirmière que Trev avait choisie pour « sa compétence et ses capacités »...

Il fit les présentations. Stella apparemment, était déjà au courant de leur mariage. En voyant la manière désinvolte et indifférente avec laquelle Stella la salua, Cécilia se demanda si Trev ne lui avait pas expliqué aussi les circonstances exactes de leur union.

Un peu plus tard, tandis que Mme Barrone faisait la sieste, elle aperçut Trev en compagnie de Stella. Il lui faisait faire le tour du jardin, et ils riaient comme de vieux amis tout heureux de se retrouver. Cécilia eut un pincement de cœur. Elle vit même Stella poser la main d'un geste naturel, presque familier sur le bras de Trev. Ils dînèrent ensemble tous les trois. Stella et Trev se lancèrent dans une conversation très animée, passant en revue leurs relations communes à San Francisco, Los Angeles et New York. Stella n'avait l'air de connaître que des gens riches et célèbres. Après quoi, assis l'un près de l'autre – beaucoup trop près, de l'avis de Cécilia – ils se mirent à regarder des photos que Stella avait apportées.

Quand Cécilia finit par monter se coucher, ils étaient toujours assis devant la cheminée. C'est alors que la triste réalité lui apparut soudain. Trev allait faire la cour à Stella sous son propre toit et sous les yeux de Cécilia. Il savait bien qu'elle ne pouvait rien dire, qu'elle avait pieds et poings liés... Il va transformer cette maison en harem, voilà ce qu'il va faire, pensa-t-elle amèrement.

Bien plus tard, cette nuit-là, elle entendit marcher devant sa porte. Mais elle eut beau tendre l'oreille, elle ne put décider s'il s'agissait ou non d'un pas isolé.

Les jours passèrent, avec leur cortège d'habitudes qui se transformèrent peu à peu en routine. Trev s'absentait pour aller voir son agent littéraire, ses éditeurs, ou pour mettre sur pied sa compagnie de recherches minéralogiques. Cécilia se sentait de trop. Stella prenait soin de Mme Barrone, et les domestiques s'occupaient de la maison. Elle passait le plus clair de son temps à la boutique, dans l'atelier, ou à la plage. Larry passait la voir à l'occasion. Elle aurait aimé pouvoir se confier à lui, mais elle se forçait à sourire et à lui affirmer que tout allait bien.

Sa vie, en fait, ressemblait beaucoup à ce qu'elle était avant qu'elle ne rencontre Trev. Mais le soir, quand elle regagnait la grande demeure, l'angoisse la reprenait. Il fallait retrouver Trev, cet homme qu'elle aimait et qui la tolérait à peine. Et Stella, qui savait tout et se comportait avec Trev comme en pays conquis.

Il faisait un temps épouvantable. Il pleuvait toujours l'hiver à Caverna Bay, mais cette année les orages se succédaient sans interruption. La terre était lourde et gorgée d'eau.

Après l'échec de leur nuit de noces, Trev avait renoncé à l'approcher. Il faut dire que Cécilia ne lui en donnait guère l'occasion. Trev et Stella se montraient aussi discrets que possible, et Cécilia avait toutes les raisons de penser que Mme Barrone ne s'était aperçue de rien. Mais les repas étaient un supplice. Stella monopolisait la conversation. Il fallait la voir, la main posée sur le bras de Trev, souligner un détail amusant ou lui rappeler un passé dont Cécilia était exclue!

Dans la journée, Stella portait sa blouse blanche d'infirmière, mais le soir elle adoptait des tenues beaucoup plus provocantes. Il fallait cependant reconnaître qu'elle s'occupait de Mme Barrone avec un soin méticuleux. Non seulement elle surveillait attentivement son régime et sa rééducation mais encore elle veillait à sa toilette, l'aidait à s'habiller, et l'encourageait toujours à ne pas négliger sa coiffure ni son maquillage.

En dépit de tout, Mme Barrone ne cessait de décliner. Sa mémoire lui jouait des tours; des événements survenus quarante ans auparavant lui revenaient souvent plus clairement que ceux de la veille. Ses yeux se voilaient sous l'effet de la douleur que lui causaient ses rhumatismes. Elle ne pouvait plus lire et regardait seulement la télévision. Il fallait absolument en informer Trev. Si cela continuait, on risquait de devoir ramener Mme Barrone à l'hôpital.

D'habitude, après quelques minutes passées auprès de Mme Barrone, Cécilia se rendait directement à sa boutique. Mais un jour, elle décida qu'il était temps de parler à Trev. Elle attendit qu'il soit seul dans le bureau.

– Il faut que je vous parle de votre grand-mère, commença Cécilia, d'un ton froid et impersonnel.

Trev se renversa dans son fauteuil. Il avait retroussé ses manches, découvrant la puissante musculature de ses bras. Cécilia dut faire un effort sur elle-même pour ne pas penser aux moments où les mêmes bras l'avaient serrée contre lui. Trev lui fit signe de s'asseoir.

– Elle ne va pas bien, n'est-ce pas? demanda-t-il l'air songeur. Nous pensons Stella et moi qu'il faudrait la transporter à la clinique *Daydecker* à San Francisco.

Cécilia eut un choc. Ainsi il en avait discuté, non pas avec elle mais avec Stella...

– Elle ne voudra pas partir. Il faudra l'emmener de force, ajouta-t-il, comme s'il était exaspéré par un pareil entêtement.

– Vous lui en avez parlé?

– Bien sûr.

– Voulez-vous que j'essaye de la convaincre?

Trev haussa les sourcils d'un air sceptique.

– Nous y avons songé, Stella et moi. Mais je crois que ce n'est pas la peine d'insister. Cela ne peut que l'énerver.

Cécilia eut la désagréable impression d'être tenue à l'écart, exactement comme lorsque Trev et Stella se mettaient à rire d'un air entendu à quelque plaisanterie confidentielle.

Elle se leva.

– Je vois. Puisque tout a été décidé sans moi, je ne vous dérangerai pas plus longtemps.

– Vous n'êtes pas souvent là, fit-il remarquer.

Vous vous intéressez davantage à votre boutique qu'à ma grand-mère.

– Ce n'est pas vrai! protesta-t-elle, indignée. C'est simplement que vous et Stella... c'est-à-dire... Stella est infirmière évidemment; son opinion est plus intéressante que la mienne...

– Eh bien, puisque vous êtes là, donnez-moi donc votre opinion à vous.

Cécilia se rassit.

– Je ne pense rien de précis, répondit-elle assez piteusement. J'ai seulement l'impression qu'après avoir enfin obtenu ce qu'elle voulait, c'est-à-dire de vous savoir marié, elle n'a plus de but dans la vie.

– Que proposez-vous?

– De lui en trouver un autre. Par exemple un projet de voyage, ou quelque chose de ce genre, dit-elle en hésitant.

– Parlez-en au médecin, mais j'ai peur qu'il vous dise qu'il n'en est pas question. Mais j'ai une autre idée qui devrait l'intéresser beaucoup plus.

– Quoi donc? demanda-t-elle, soudain attentive.

Il se pencha vers elle.

– Un arrière-petit-enfant. Voilà qui la tiendrait en haleine.

Cécilia n'en croyait pas ses oreilles.

– Vous ne parlez pas sérieusement?

Le visage grave, il la dévisageait avec insistance.

– Je n'ai jamais été plus sérieux, je vous assure. J'y pense déjà depuis quelque temps. Il faudrait attendre au moins neuf mois...

– En effet! D'habitude, c'est à peu près le temps que ça prend!

Il fit celui qui n'avait pas entendu.

– C'est la seule chose qui puisse lui redonner le goût de vivre. Réfléchissez-y.

Cécilia, furieuse, s'était levée.

– C'est tout réfléchi, lui lança-t-elle. Et la réponse est non. Pas question! Pas question de se servir d'un enfant innocent pour continuer à jouer cette comédie à votre grand-mère, même si c'est pour son bien. Il suffit de nous deux!

Avant qu'il ait pu ajouter quoi que ce soit, Cécilia était déjà dehors. Elle prit sa voiture, et se rendit au magasin. Elle était dans un tel état de rage qu'elle ne voyait rien de ce qui se passait autour d'elle. Comment Trev avait-il pu imaginer une chose pareille? C'était proprement ridicule! Et pourtant... L'idée avait un côté horriblement attrayant, sans même penser à la santé de Mme Barrone. La venue d'un enfant pouvait les rapprocher. Et qui sait si Trev ne finirait pas par aimer la mère de son enfant?...

Mais elle se reprit bien vite et maudit sa naïveté. Trev ne parlait pas sérieusement. Ce qui l'amusait, c'était de se jouer d'elle et de pouvoir ensuite en plaisanter avec Stella.

Mme Barrone s'affaiblissait de plus en plus. Cécilia ne pouvait supporter d'assister à ce pénible déclin, même si de cette mort dépendait sa liberté. Une liberté de toute façon impossible...

Cécilia était à jamais prisonnière de son amour pour Trev.

Il faudrait bien s'y faire... Plus tard, quand tout serait fini, quand Trev serait loin, alors peut-être arriverait-elle à oublier et à redonner un sens à son existence. Etant donné l'état de Mme Barrone, il ne lui restait peut-être plus longtemps à attendre. Cette idée la remplissait de tristesse, mais aussi d'un soulagement dont elle avait honte.

Et puis, à la surprise générale, la santé de Mme Barrone s'améliora. Le docteur lui avait ordonné un nouveau médicament. Après des jours de prostration, voilà qu'elle se déplaçait à nouveau dans son fauteuil roulant. Elle recommençait à s'occuper de ses plantes, et mangeait de bien meilleur appétit.

Cécilia était ravie, mais en même temps vaguement désorientée. Elle éprouvait des sentiments confus et contradictoires. Son amour pour Trev la remplissait d'émerveillement, donnait une coloration nouvelle à toutes ses journées. Et pourtant elle souhaitait désespérément ne plus l'aimer. Loin de lui elle était malheureuse, mais pour rien au monde elle ne voulait l'approcher. Quand il la regardait, elle tremblait d'une émotion délicieuse, mais elle se haïssait d'être aussi sensible à la moindre de ses attentions.

Cécilia savait qu'elle ne lui était pas indifférente, même s'il feignait le plus souvent d'ignorer son existence. Elle se demandait même parfois si ce manège avec Stella n'était pas uniquement destiné à la contrarier. Elle l'avait bien remarqué : chaque fois qu'il était avec elle, Trev lançait vers Cécilia des regards appuyés, comme pour bien s'assurer qu'elle les observait. Mais est-ce qu'elle ne prenait pas ses désirs pour des réalités? Elle était proprement ridicule. En vérité, Trev se moquait sans doute pas mal de ce qu'elle pensait ou de ce qu'elle ressentait.

Et les sentiments de Trev envers Stella? Quels étaient-ils exactement? Etait-elle pour lui un simple passe-temps? Ou bien éprouvait-il pour elle quelque chose de plus profond? Attendait-il d'être débarrassé de Cécilia pour l'épouser? Mais alors, pourquoi ne s'était-il pas décidé plus tôt? Peut-être parce qu'avec ses allures tapageuses, elle ne correspondait guère à l'image de l'épouse idéale, selon Mme Barrone? Et puis Stella était divorcée. Elle avait été mariée à un caméraman de Hollywood. Elle n'était jamais à court d'anecdotes savoureuses, et parfois même scandaleuses, sur le monde du cinéma. Quant à sa garde-robe, à l'exception de sa tenue de travail, elle était particulièrement extravagante, à la limite de l'indécence.

Mais Cécilia de son côté n'était plus tout à fait sûre d'être la gentille jeune fille que Mme Barrone voyait en elle. Elle était hantée par une pensée secrète, une pensée inavouable et qui aurait fait horreur à toute jeune fille convenable. Une pensée qui la poursuivait jusque dans son atelier, tandis qu'elle confectionnait de ses doigts habiles des boucles d'oreilles en agate, ou des bracelets de coquillages. Une pensée qui était devenue une obsession lancinante, un tourment sans fin, un feu dévorant.

Devait-elle s'y résoudre? Et le pouvait-elle?

Si Trev aimait Stella, la réponse était non. S'il ne l'aimait pas mais entretenait avec elle des relations intimes, elle ne pourrait pas non plus. Par moments, elle avait l'impression qu'ils avaient des liens très étroits. Stella avait des gestes, des regards qui ne pouvaient que la renforcer dans ce sentiment. Mais si c'était vrai, ils étaient d'une discrétion exemplaire. Une nuit,

Cécilia avait entendu marcher dans le couloir. A sa grande honte elle se souvenait d'être allée jusqu'à la porte pour savoir qui passait. C'était Trev qui regagnait sa chambre, seul, avec un livre à la main. Une autre fois, elle était rentrée du magasin dans l'après-midi, presque sûre de les trouver en train de profiter de ce que Mme Barrone faisait la sieste. Mais Trev était dans son bureau, et Stella enfermée dans sa chambre.

Cécilia n'arrivait pas à se décider. Une voix lui criait que c'était de la folie, tandis qu'une autre répondait : pourquoi pas? Oui, pourquoi ne pas suivre les conseils de Trev? Pourquoi ne pas profiter de ce mariage? Cécilia ne pouvait pas le faire avec le même sang-froid que Trev. Elle pouvait le faire pour une seule raison : parce qu'elle l'aimait. Même si tout n'était pas parfait, ne valait-il pas mieux s'accommoder de la situation? Accepter Trev tel qu'il était plutôt que de se retrouver seule à remâcher ses regrets?

Mais l'occasion ne se présentait pas. Elle ne pouvait tout de même pas se précipiter dans sa chambre et se jeter sur lui! Il fallait trouver le moment et l'endroit propices.

Malheureusement, le soir, après sa visite à Mme Barrone, c'était bien difficile. Stella était toujours là. Un vrai chaperon, se disait Cécilia avec dépit. Un chaperon qui serrait d'ailleurs Trev d'un peu trop près.

Et puis, de façon aussi soudaine qu'imprévue, Stella fut convoquée à San Francisco. Elle faisait l'objet d'une vérification du service des impôts pour ses déclarations des deux dernières années. Elle partit un mardi, comptant être de retour le jeudi ou le vendredi suivant.

Comme Cécilia ne pouvait pas faire les piqûres de Mme Barrone, Trev rappela Mme Bundy. Le premier soir, après le départ de Stella, Trev s'enferma dans son bureau. Cécilia se demanda s'il cherchait à l'éviter. Le lendemain, Trev invita le Dr Hegelson à dîner. Pour la première fois, Mme Barrone se sentit assez bien pour venir à table. Marie avait préparé un bœuf Wellington et le Dr Hegelson avait apporté une bouteille de vin rouge. La soirée fut particulièrement réussie. Les rires se mêlaient au charme d'une conversation animée. Une soirée d'autant plus agréable pour Cécilia que Stella n'était pas là à jouer le rôle d'épouse.

Après le dîner, quand tout le monde fut parti, Cécilia alla dire bonsoir à Mme Barrone dans sa chambre et redescendit pour éteindre la lumière dans le salon. Elle croyait que Trev était couché, mais elle l'aperçut, allongé devant la cheminée, un verre de vin posé à côté de lui.

– C'est beaucoup mieux sans lumière, approuva-t-il. Il reste encore du vin. Vous en voulez un peu?

Cécilia retint son souffle. Le feu de bois, la douce pénombre, tout lui rappelait une scène étrangement semblable : celle de leur nuit de noces. Elle devait s'en aller, s'enfuir immédiatement. Elle ne voulait pas, elle ne pourrait pas le supporter...

Il leva les yeux vers elle.

– Eh bien? murmura-t-il.

Etait-ce un désir ou un ordre? Sa voix était profonde, vibrante. Le cœur de Cécilia se mit à battre plus vite.

– Je veux bien, merci, répondit-elle l'air guindé.

Elle s'assit sur le canapé, tandis qu'il allait lui chercher un verre. Il le lui tendit. Le reflet d'or des flammes se mêlait au rouge profond du liquide. Pensant qu'il viendrait s'asseoir à côté d'elle, elle s'efforça au calme. Mais il retourna s'allonger devant la cheminée.

– Grand-mère a été très contente de dîner à table, fit-il remarquer sur le ton de la conversation.

– Oui, reconnut Cécilia. Mais elle ne pourrait pas faire ça très souvent.

– C'est aussi mon avis, répondit Trev.

Il y eut un silence. A la lumière du feu, les cheveux noirs de Trev brillaient, son regard était plus sombre et sa peau plus bronzée. Immobile, les yeux fixés sur les braises, il semblait plongé dans ses réflexions. Finalement il lui demanda :

– Et au magasin, tout va bien?

Cécilia qui ne s'attendait pas à une question aussi terre à terre, ne put s'empêcher de sursauter. Elle était vraiment à mille lieux de penser à sa boutique!

– Tout va bien, merci. La semaine dernière, j'ai eu un car entier de touristes et j'ai fait quelques ventes.

– Et votre ami Larry, vous le voyez toujours?

Cécilia hésita, un peu gênée par cette question inattendue.

– Il m'a passé une nouvelle commande de douze sculptures.

Il y eut un nouveau silence. Intriguée, les yeux mi-clos, Cécilia observait Trev. Il ne semblait pas lui prêter attention, mais elle sentait confusément que cette indifférence était feinte. Cependant, pourquoi faire semblant? Il ne s'était pas gêné le soir de leur mariage...

Il reprit la conversation d'un ton familier. Il lui annonça qu'on prévoyait une tempête particulièrement violente dans les jours à venir. Comme pour lui donner raison, la pluie se mit à frapper les carreaux, le vent à souffler en rafales dans la cheminée. Cécilia cherchait le moyen de lui faire comprendre discrètement que ses sentiments avaient changé depuis leur triste nuit de noces.

Il se tourna sur le côté et s'accouda, la tête dans une main.

– A quoi pensez-vous?

La bouche sèche, Cécilia passa sa langue sur ses lèvres. S'il avait pu deviner les pensées insensées qui à cet instant lui traversaient l'esprit...

– A rien, murmura-t-elle dans un souffle.

Elle s'éclaircit la gorge, et reprit d'une voix un peu plus assurée :

– Je regardais le feu, sans penser à rien de particulier.

– Vraiment? lança-t-il, d'un air de défi moqueur.

Cécilia rougit. Elle eut peur qu'il s'en aperçoive malgré l'obscurité. Elle prit une gorgée de vin pour se donner une contenance. Il ne pouvait pas connaître ses pensées. C'était impossible! Et pourtant, elle était sûre qu'il savait.

Il tournait le dos au feu. Son visage était plongé dans l'ombre et allongé sur le sol, il n'était plus qu'une vague silhouette. Malgré son air détendu, il semblait prêt à s'élancer, comme un fauve à l'affût.

Cécilia était partagée entre l'envie de fuir et celle de rester. Oui, oui! Pourquoi pas? pensait-elle, égarée... Comme lui, elle en avait tellement envie. Elle l'aimait, même si lui ne faisait que la désirer. Elle l'aimait...

Tendue, elle attendait qu'il s'approche, prête à s'abandonner, à fondre comme un flocon de neige au soleil. Mais il ne fit pas un mouvement.

– Vous ne m'avez pas répondu, reprit-il doucement.

Cécilia le regarda, en essayant de reprendre le contrôle d'elle-même. Il ne semblait pas avoir l'intention de bouger. Il la désirait. Elle en était sûre. Mais il voulait l'obliger à faire le premier pas. Il ne ferait rien pour lui faciliter les choses.

Elle ne pourrait jamais! Elle ne pouvait pas comme ça, honteusement, séduire un homme. Pourquoi cherchait-il à l'humilier? Elle était là, toute à sa disposition : pourquoi ne se décidait-il pas?

Il ne ferait rien. Elle non plus. Elle n'en était pas capable, et voilà tout. Elle se leva, les jambes molles, en espérant qu'elle aurait la force de monter l'escalier. Inexplicablement, elle sentit soudain le sol se dérober sous elle. Trev se redressa d'un bond.

– Vous vous êtes fait mal?

– Non, ce n'est rien, je...

Elle n'arrivait pas à trouver ses mots. Et brusquement, avec une audace qui la surprit elle-même, elle ajouta :

– J'avais pensé que... Vous avez dû avoir une journée fatigante. Voulez-vous que je vous frictionne le dos?

Silence. Etait-ce la surprise? le mépris? Cette ruse, c'était lui qui l'avait inventée. Pourquoi ne l'utiliserait-elle pas à son tour? se dit-elle, prête au défi.

Alors, lentement, très lentement, il commença à défaire sa chemise. Il l'enleva et apparut comme un dieu de bronze dans la lumière du feu. Cécilia l'observait, fascinée. Il lui présenta son dos. Cécilia fut obligée d'essuyer ses mains moites de transpiration, avant de les poser sur ses muscles souples. Elle se mit à lui masser la nuque, les épaules, et doucement, sans même s'en apercevoir, elle se pencha et posa ses lèvres sur son cou.

Elle sentit qu'il se raidissait, mais il continua à garder le dos tourné. Il se mit à parler d'une voix sourde.

– Pourquoi faites-vous cela? Que cherchez-vous?

Pourquoi? se dit-elle, égarée. Parce que je vous aime. Parce que je suis prête à accepter n'importe quoi de vous. Même très peu.

Voilà ce qu'elle aurait aimé lui dire, mais c'était impossible. Elle souffrait déjà assez sans aller en plus avouer son amour à un homme qui ne l'aimait pas.

– Parce que je pense que vous avez raison, répondit-elle. Autant profiter de la situation du mieux possible, et que ce mariage serve enfin à quelque chose.

Il se retourna lentement vers elle. Il va me prendre dans ses bras, pensa-t-elle. Une bûche éclata en gerbes d'étincelles. Et Cécilia vit clairement le dégoût et le mépris se peindre sur son visage.

– Je... je voulais dire que...

– Je sais ce que vous voulez dire, répliqua-t-il d'une voix dure.

D'un geste brusque, il s'empara de sa chemise et sortit de la pièce. Quelques instants plus tard, la porte de sa chambre claquait. Le bruit se répercuta dans toute la maison.

Paralysée sous le coup de la surprise, Cécilia sentit le cœur lui manquer. Elle s'était jetée à sa tête, et voilà qu'il la repoussait froidement. Il ne voulait plus d'elle. Le choc et l'humiliation étaient tels que cela lui fit l'effet d'une douche glacée.

Etait-ce à cause de Stella? Etait-il amoureux d'elle? Ou éprouvait-il une telle antipathie pour Cécilia qu'il ne pouvait même pas supporter d'avoir des rapports purement physiques avec elle? Elle n'arrivait pas à chasser de son esprit, de son âme, l'expression de dégoût et de haine qu'elle avait lue sur son visage.

Savoir pourquoi il l'avait rejetée n'avait que peu d'importance. Il l'avait rejetée. C'était tout ce qui comptait. Quelle humiliation! Elle en était malade. Elle s'était offerte à lui, et il l'avait repoussée...

Elle ne pouvait plus rester là, songeait-elle en trébuchant dans l'escalier. C'était impossible. Il fallait partir. Mme Barrone allait mieux, on trouverait bien quelque chose à lui raconter. Mais pour Cécilia, c'était fini.

9

Le lendemain, Cécilia s'arrangea pour ne pas rencontrer Trev. Elle attendit qu'il ait fini de prendre son petit déjeuner pour descendre, et partit aussitôt pour la boutique. A la réflexion, trouver quelque chose à dire à Mme Barrone n'était peut-être pas aussi simple. L'état de santé de la vieille dame s'était amélioré, mais si elle apprenait brusquement que Trev et Cécilia se séparaient, comment prendrait-elle la nouvelle?

Mais il survint des événements qu'elle ne pouvait prévoir.

Stella rentra le jeudi soir, assez fière de la façon dont elle avait rivé son clou à l'inspecteur des contributions. Elle raconta cette entrevue avec force détails. Lorsqu'elle commença à se lancer dans les derniers ragots concernant les gens qu'elle avait rencontrés, Cécilia quitta la table et alla rendre visite à Mme Barrone.

Dans la même nuit, la vieille dame s'éteignit tranquillement. Trev avait appelé une ambulance et on l'avait emmenée aussi vite qu'on avait pu; mais en arrivant à l'hôpital, il était déjà trop tard.

Cécilia se sentait coupable. Mme Barrone n'avait-elle pas deviné qu'elle avait l'intention de partir? A la réflexion, une fois le premier choc passé, elle comprit que ce n'était pas possible. Elle avait beau fouiller dans sa mémoire, elle était certaine de n'avoir parlé à personne de ses problèmes. Mme Barrone était morte en paix. Malgré cette pensée réconfortante, Cécilia ne put s'empêcher de fondre en larmes au souvenir de cette vieille dame qu'elle avait tant aimée.

Trev, silencieux, le visage grave, s'occupa des inévitables démarches. Il faisait froid, et une petite pluie fine s'était mise à tomber. Cécilia aurait voulu partir sans plus attendre, mais dans un ultime témoignage de respect pour la mémoire de Mme Barrone, elle décida de rester jusqu'aux obsèques. Maintenant ou plus tard, quelle importance? De toute façon personne ne faisait attention à elle.

Elle fit ses valises sans se presser et profita de l'indifférence générale pour porter ses bagages jusqu'à la voiture. Elle avait essayé à plusieurs reprises de joindre Larry mais il devait être en voyage.

Les obsèques furent célébrées dans l'après-midi, dans cette même église où avait eu lieu le mariage de Trev et de Cécilia. La tempête, prévue depuis plusieurs jours, avait éclaté ce matin-là avec une violence inouïe, accompagnée d'une pluie diluvienne. Dans la baie, des rafales de vent soulevaient des vagues gigantesques. Les rues se transformaient en torrents, et les poteaux électriques étaient arrachés de terre.

Malgré l'orage, une nombreuse assistance était présente au service. Trev, Cécilia, Stella et le Dr Hegelson étaient assis au premier rang. Cécilia ne put retenir ses larmes, quand le prêtre prit la parole. Il fut imité par deux vieux amis de Mme Barrone. C'était une touchante attention de la part de Trev. Cécilia en fut particulièrement émue. La vieille dame aurait apprécié ce geste.

Une violente bourrasque vint brutalement frapper la petite église. Il y eut quelques réactions d'inquiétude parmi l'assemblée, et le prêtre lui-même s'interrompit un instant au milieu d'une phrase. D'habitude, la tempête éveillait chez Cécilia un inexplicable sentiment d'exaltation. Cette fois-ci, il n'en fut rien. Elle se sentait lasse, terriblement lasse.

En rentrant, la grande maison lui parut étrangement vide et silencieuse. Comment s'éclipser sans se faire remarquer? Cécilia voulait éviter les questions et les explications autant que les adieux. Et surtout, elle n'avait pas envie d'assister à la victoire de Stella, de voir le triomphe se peindre sur son visage.

Elle monta dans sa chambre, enleva sa robe noire et s'habilla d'un confortable ensemble de jersey. Elle passa la tête par l'entrebâillement de la porte, et battit aussitôt en retraite. Trev et Stella étaient en bas, dans le salon. Elle se mit à faire les cent pas, les yeux tournés vers la fenêtre, regardant d'un air vague la cime des arbres secoués par le vent.

Qu'allait-elle faire maintenant? Retrouver son appartement, derrière le magasin, et reprendre la vie qu'elle avait connue avant cet étrange interlude? Peut-être un jour épouserait-elle Larry? Une amitié sans problème valait probablement mieux que les affres de l'amour.

Cécilia comprit soudain qu'elle ne voulait pas rentrer chez elle. Pas tout de suite. Trev allait rester à Caverna Bay quelque temps encore, jusqu'à ce qu'il ait réglé ses affaires et vendu la maison. Le soir, de sa petite chambre, elle apercevrait de l'autre côté de la baie la grande maison tout illuminée. Avec Trev et Stella, enfin réunis! Non! Elle ne pourrait pas le supporter.

Elle allait s'installer ailleurs, le temps qu'ils s'en aillent. Voilà ce qu'elle allait faire. Elle se dirigeait à nouveau vers la porte, quand un détail lui revint à l'esprit. Les bagues! Elle avait tellement l'habitude de les porter qu'elle avait failli les oublier. Curieusement, elle hésitait à les retirer, comme si par ce geste, elle allait rompre le dernier maillon de la chaîne qui l'unissait à Trev. Ridicule! Il n'y avait pas de maillon, pas de chaîne, plus rien pour la retenir. Elle fit glisser les bagues, les enleva, et les posa bien en évidence sur la commode.

Elle jeta un coup d'œil prudent par l'entrebâillement de la porte. Le salon était vide. Elle tendit l'oreille : pas un son, pas un mouvement. Elle prit son sac, sa robe noire et sa veste et sortit dans le couloir. Elle descendit l'escalier sans bruit. Soudain, sous le balcon, une silhouette sortit de l'ombre. Trevor! Il n'avait pas quitté ses vêtements de deuil.

Il l'inspecta du regard, les yeux fixés sur ses vêtements.

– Vous allez quelque part?

– Je... J'ai deux ou trois choses à faire au magasin...

Sa voix tremblait. Malgré la comédie qu'elle avait jouée à Mme Barrone, elle n'avait jamais su mentir.

– Nous avons à parler, répliqua-t-il.

Cécilia releva la tête :

– Je suis certaine que votre avocat a déjà tout prévu dans son contrat, répondit-elle avec froideur.

– Au diable le contrat! explosa-t-il. Ce que je veux savoir...

Cécilia fut prise de vertige. Elle ne se sentait pas en état de se lancer dans une discussion sur les détails du divorce, ou sur les causes de la détérioration de leurs relations.

– Je vous en prie, répondit-elle d'une voix faible, je... je n'ai pas le cœur à parler de tout cela en ce moment.

Il hésita un instant.

– Bien sûr. Excusez-moi, le moment est mal choisi, j'en conviens.

Les sourcils froncés, il parut hésiter à nouveau.

– Ces choses dont vous avez à vous occuper, elles ne peuvent pas attendre? Avec cette tempête...

– On dirait que c'est presque fini, répondit-elle.

Elle se dépêcha de s'éloigner, soulagée d'avoir réussi à lui faire avaler son mensonge.

Arrivée à la voiture, elle se débarrassa de son paquet, qui alla rejoindre ses bagages sur le siège arrière. Elle appuya ensuite sur le bouton qui commandait l'ouverture électrique des portes du garage. En voyant la pluie s'engouffrer en rafale, elle eut un moment d'hésitation. Non seulement la tempête était loin d'être finie, mais elle semblait avoir redoublé de violence. Le vent sifflait rageusement. Les arbustes et les buissons étaient secoués en tous sens. Au loin, on entendait les immenses séquoias gémir et craquer sous les coups de la nature déchaînée. L'allée ressemblait à un lac. Etait-il vraiment prudent de sortir par un temps pareil? Cécilia résolut finalement de ne pas faire demi-tour. Mieux valait se lancer dans la tempête que de rester encore une nuit sous ce toit en compagnie de Trev et de Stella.

Elle sortit en marche arrière et, aussitôt dehors, sentit le vent déporter la voiture. Elle s'engagea dans l'allée inondée et descendit la pente en roulant au pas. Les essuie-glaces luttaient avec peine contre la pluie battante. La nuit n'était pas encore tombée et cependant les phares perçaient difficilement l'écran de brume et d'eau. Elle avançait si lentement qu'elle avait l'impression qu'elle n'arriverait jamais jusqu'à la grille.

Elle se répétait qu'elle était libre maintenant. Mais au lieu d'en être heureuse, elle n'éprouvait que du regret. Le regret de n'avoir pas eu sa nuit de noces avec Trev. Il lui serait au moins resté quelque chose, que personne n'aurait pu lui enlever. Maintenant elle n'avait plus rien, même pas un souvenir.

Soudain elle entendit un bruit, ou plutôt une sorte de vibration. Elle freina et se pencha au dehors. On ne distinguait rien à travers la pluie. Elle roulait entre les séquoias, et les arbres avaient pris une allure fantastique. Les énormes troncs ressemblaient à des géants préhistoriques dont la tête se perdait dans les nuées. Peut-être valait-il mieux faire demi-tour...

Il y eut un grondement sinistre, un bruit terrible. Cécilia eut l'impression que la terre tremblait sous elle. La voiture était secouée dans tous les sens. Le grondement devint assourdissant et Cécilia sentit tout son corps vibrer, comme agité par une main invisible. Elle était cramponnée à son volant, les yeux agrandis par l'effroi. Que se passait-il?

Les vibrations cessèrent peu à peu, comme un orage qui s'éloigne. Après ce formidable fracas où tout avait paru s'écrouler, la pluie et le vent paraissaient maintenant bien peu de chose. Cécilia, inquiète, se retourna, mais la pluie l'empêchait de voir par la vitre arrière. Avec précaution, elle ouvrit sa vitre et se pencha au-dehors. Il était toujours impossible de distinguer quoi que ce soit, mais elle sentait une forte odeur de bois mouillé. Elle se pencha à nouveau, anxieuse de connaître la cause de cette fantastique secousse.

C'est alors qu'elle comprit ce qui était arrivé. Elle sortit de la voiture et demeura sans bouger, tête nue sous la pluie qui continuait à tomber. Un séquoia était tombé. Un de ces géants avait fini par s'abattre sous les coups répétés du vent. Il s'était renversé en travers de l'allée, juste derrière elle. Maintenant qu'il était à terre, il paraissait encore plus grand.

Cécilia faillit avoir une crise de nerfs. Elle venait de comprendre qu'elle était passée très près de la mort. Une différence de quelques secondes, de quelques centimètres, et sa voiture se serait trouvée sous la trajectoire fatale.

Dans le hurlement du vent, un autre bruit lui parvint. Etait-il possible que ce soit une voix? Quelqu'un était sorti de la maison, alerté par ce bruit épouvantable. Il fallait qu'elle file au plus vite avant qu'on ne la découvre.

Elle embraya, essayant d'écarter l'idée qu'un autre séquoia pouvait s'abattre à son tour. Elle retenait son souffle. En arrivant à la grille, elle reprit enfin sa respiration. Là, les arbres étaient mieux protégés du vent et le danger semblait moins grand. Elle jeta un regard inquiet derrière elle. Elle n'avait plus besoin de se dépêcher : avec l'arbre en travers de l'allée, aucune voiture ne pouvait passer. En attendant que l'on dégage le chemin, Trev et Stella ne pourraient pas quitter la maison. Cela ne devait pas tellement les gêner, songea-t-elle amèrement. Bien au contraire. Ils étaient tranquilles, maintenant...

Au carrefour de South Bay Road et de la grand-route, Cécilia hésita de nouveau. Le plus raisonnable était de rentrer chez elle. Oui, mais si Trev, en ne la voyant pas revenir, essayait de lui téléphoner? Elle ne se sentait pas le courage de lui parler. Pas avant d'avoir remis un peu d'ordre dans ses idées.

Elle se décida soudain. Tournant le dos à Caverna Bay, elle prit la direction du sud. Elle allait mettre la plus grande distance possible entre elle et cette grande maison où Trev et Stella étaient maintenant prisonniers. Des prisonniers certainement peu pressés d'échapper à leur confortable prison. Elle mit la radio : la tempête faisait rage tout le long de la côte jusqu'à San Francisco. Elle se sentait très mal dans ses vêtements humides. Au prochain motel, elle s'arrêterait.

Le lendemain matin, elle poursuivit sa route vers le sud. Elle n'avait toujours pas d'objectif précis. La tempête avait cessé, laissant dans son sillage des routes inondées, des arbres abattus et des lignes électriques coupées en différents points de la côte. Le sol était jonché de feuillages arrachés et de branches cassées. Partout, l'eau s'écoulait en formant des ruisseaux. Arrivée à San Francisco, elle prit la direction de l'intérieur. Elle voulait à tout prix s'éloigner de la côte et de cette mer qu'elle aimait tant, mais qui lui rappelait sa première rencontre avec Trev. Elle le revoyait encore, devant elle, le dos tourné au Pacifique, rude, puissant, viril...

Elle traversa tout l'Etat de Californie, entra en Arizona, et arriva finalement à Phœnix. Le temps était chaud et sec. Le désert offrait un paysage complètement différent de Caverna Bay. Elle prit une chambre dans un motel à la sortie est de la ville. Elle partageait son temps entre des baignades dans la piscine et des balades en montagne. Ces montagnes, arides et désolées, ne ressemblaient en rien aux pentes verdoyantes de son pays. Elle fit la connaissance d'un jeune homme charmant, un avocat installé dans l'Est et venu passer ses vacances en Arizona. Elle fit également abondamment connaissance avec les plats épicés de la vraie cuisine mexicaine.

Rien ici ne lui rappelait Trev. On ne pouvait rêver pays plus différent de Caverna Bay. C'était un monde entièrement nouveau, exactement ce qu'elle avait souhaité trouver.

Et pourtant Trev ne la quittait jamais. Elle croyait le voir partout. Un homme aux cheveux bruns, une voiture de sport, ou encore une intonation de voix, et soudain son cœur se mettait à battre follement. Elle avait des moments de dépression, de brusques crises de larmes. Même quand elle bavardait avec le jeune avocat, ou lorsqu'elle nageait dans la piscine, sa pensée était toujours tournée vers lui. Avait-il entamé une procédure de divorce? Etait-il en route pour le Nevada où l'on pouvait sans délai annuler le mariage? Avait-il l'intention d'épouser Stella tout de suite après?

Si Cécilia avait quitté Caverna Bay, c'était pour être loin de Trev. Et pourtant, curieusement, elle aurait aimé être sûre qu'il était toujours là-bas. La vérité était qu'en dépit de tout, elle n'avait qu'une envie : le revoir.

Elle avait prévu de rester trois semaines, pour lui laisser largement le temps de quitter la maison et s'éviter ainsi toute chance de le rencontrer. Mais au bout de quinze jours, elle faisait ses bagages et reprenait la route. Ses fonds avaient baissé dangereusement. C'était du moins le prétexte qu'elle avait trouvé pour rentrer. Comme elle avait emporté très peu d'argent et qu'elle avait beaucoup utilisé ses cartes de crédit, elle commençait à s'inquiéter. Mais la vraie raison n'était pas là, elle le savait bien. Elle brûlait tout simplement de retrouver Caverna Bay.

Elle arriva à la nuit tombée, un soir de semaine. Il avait dû pleuvoir. Le vent emportait les derniers nuages, et l'on pouvait voir scintiller les étoiles. Elle avait l'impression d'être partie depuis une éternité, et elle fut presque étonnée de constater que rien n'avait changé. Même la bannière qui annonçait *Bienvenue à Caverna Bay*, était toujours là, aussi délavée, et continuait à claquer dans le vent.

Elle essaya de ne pas regarder du côté sud de la baie. Jamais ses sentiments n'avaient été aussi confus. Elle avait peur que Trev ne soit pas là. Elle avait peur qu'il soit là. Elle avait peur que Stella soit avec lui...

La boutique avait l'air déserte, presque abandonnée. Elle était rentrée depuis une demi-heure à peine que quelqu'un frappait à la porte. Son cœur se mit à battre. Trev l'avait-il vue arriver par la fenêtre de la grande maison?

Elle courut à la porte en essayant de maîtriser son émotion.

– Larry! s'écria-t-elle, sans pouvoir dissimuler sa déception.

Elle ajouta aussitôt, avec un peu plus d'empressement :

– Entre! Entre!

– J'ai vu de la lumière en passant. Je me suis demandé... (Larry regardait autour de lui, l'air gêné.) Tu es seule?

Cécilia referma la porte, un peu surprise.

Elle pensait que toute la ville était au courant de sa fuite. Quelle présomption de ma part, se dit-elle. Sa disparition ne méritait évidemment pas qu'on ameute le monde entier.

– Je suis seule oui, répondit-elle simplement.

– Je n'y comprends plus rien. Je m'absente quelques jours et quand je reviens, j'apprends que Mme Barrone est morte et enterrée. Après quoi, j'entends raconter des tas d'histoires à propos de ce qui s'est passé chez les Barrone, le soir de l'enterrement. Et maintenant les grilles de la propriété sont fermées à double tour.

Evidemment, songeait Cécilia, un peu amère. Cela avait dû faire une histoire quand Trev, s'arrachant des bras de Stella, avait découvert un arbre gigantesque en travers du chemin. L'idée que Trevor aurait pu être à la fenêtre à guetter son retour lui paraissait maintenant d'un ridicule presque pathétique.

– Alors il n'y a plus personne? demanda-t-elle d'un air morne.

– On dirait. J'y suis passé l'autre jour. J'étais inquiet à ton sujet.

Cécilia s'affaira à régler le chauffage pour cacher à Larry ses yeux pleins de larmes. Trev était parti. C'était la fin, la fin de tous les rêves insensés auxquels elle n'avait jamais vraiment cessé de croire. Parti pour toujours. Le choc était tel qu'elle eut l'impression que ce géant, qui l'autre jour était tombé sur la route, s'abattait sur elle.

10

Cécilia donna à Larry une version très simplifiée de sa rupture avec Trev. Comme dans ces histoires banales, qui connaissent des fins plus ou moins heureuses.

Quant à Larry, il évita sagement de répliquer : « Je te l'avais bien dit! »

Maintenant que la saison d'été approchait, il s'était remis à la peinture. Il avait renoncé pour l'instant à tous ses déplacements. Il se montrait très compréhensif, à la fois discret et attentionné. Cécilia souhaitait désespérément pouvoir être amoureuse de lui. Mais c'était impossible. Larry était un ami, un ami très cher, et c'est tout. Elle qui pensait qu'une amitié sincère était préférable aux tourments d'un amour passionné, elle s'apercevait qu'elle ne pourrait jamais épouser Larry dans ces conditions. Elle essayait de le lui faire comprendre, mais il refusait de l'écouter. Il considérait qu'ils avaient tout le temps d'en parler. Cécilia, pour sa part, savait très bien que si le temps arrivait un jour à adoucir sa peine, il n'effacerait jamais son amour pour Trev.

Personne n'avait l'air de savoir ce qui s'était passé au juste dans la grande maison. Poussée par la curiosité, Cécilia se décida à aller y faire un tour. La grille était fermée. Sans plus réfléchir, elle escalada la clôture et s'engagea dans l'allée. Elle n'alla pas jusqu'à la maison, mais à en juger par les apparences, elle était déserte et abandonnée. Le séquoia avait été débité à la scie, et les énormes tronçons tirés hors du chemin.

Quelques jours plus tard, elle reçut la visite de son amie Beth Hylder. C'est ainsi qu'elle apprit que l'allée avait été déblayée environ une semaine après l'enterrement par son mari, qui était bûcheron. Il n'avait vu personne en dehors des domestiques.

Qu'est-ce qui avait bien pu se passer le soir de son départ? Cécilia essaya de se renseigner à droite et à gauche mais elle n'en apprit guère davantage. L'un avait aperçu de la lumière, l'autre croyait avoir entendu un bruit de sirène. Mais l'orage avait provoqué tellement d'accidents! Un autocar était tombé dans un ravin, un homme qui travaillait sur un toit avait eu une crise cardiaque. Ce qui était arrivé dans la grande maison ne représentait qu'un incident parmi d'autres.

Cécilia ne parvenait pas à oublier Trev, et Larry le savait. Elle le lui avait dit. Il se montrait de moins en moins compréhensif, et même franchement furieux. Cécilia ne relevait jamais ses propos. Comment justifier un amour sans espoir? Sans espoir, mais obsédant...

Elle n'avait reçu aucune nouvelle de l'avocat de Trev, ni aucun document concernant le divorce. Elle songea un moment à s'en occuper elle-même mais elle se ravisa : c'est Trev qui l'avait épousée, à lui de se débarrasser d'elle. Mais pourquoi restait-il sans rien faire? Il avait peut-être commencé des démarches dans un autre Etat? Elle se sentait de plus en plus seule et oubliée. Elle pensait parfois avec nostalgie à Mme Barrone, à leurs conversations, à l'esprit de repartie et à la malice de la vieille dame. Et elle essayait de vivre au jour le jour, sans penser à l'avenir.

Un soir Larry arriva, l'air bizarre. Il avait un bout de papier à la main qu'il posa sur le comptoir.

– C'est l'adresse de Trev. (Larry eut un moment d'hésitation.) Du moins, c'était la sienne il y a encore quelques semaines.

Cette nouvelle inattendue causa un grand choc à Cécilia. Une foule de questions lui venaient à l'esprit. Elle finit par demander d'une voix étranglée :

– Où l'as-tu trouvée?

– J'ai fait du charme à une ravissante petite infirmière à l'hôpital de Redwood Valley. Il m'arrive quelquefois d'avoir du succès auprès des filles, ajouta-t-il d'un ton sarcastique.

– A l'hôpital? s'écria Cécilia, ignorant son persiflage. Mais pourquoi à l'hôpital?

Larry avait fait sa petite enquête : Au cours de la nuit, après le départ de Cécilia, on avait fait venir une ambulance et Trev avait été transporté à l'hôpital de Redwood Valley. Peu de temps après, il avait été transféré par avion dans une clinique à San Francisco, à l'adresse indiquée sur le papier. Impossible évidemment de jurer que Trev y était encore. Tout cela remontait déjà assez loin.

Six semaines et un jour, exactement : Cécilia n'avait pas besoin de le calculer.

– Mais qu'est-ce qui lui est arrivé? demanda-t-elle. Il est tombé malade? Il a eu un accident?

– Un accident, je crois. Tout ce que la fille a pu me dire, c'est que cela avait l'air sérieux. Il est à la clinique *Daydecker*, ou un nom comme ça.

La clinique *Daydecker*! La clinique où Trev

avait voulu emmener sa grand-mère! Soudain elle fut prise de panique. N'importe quoi avait pu se produire depuis le temps. Il était peut-être même mort! Les genoux tremblants, elle dut se raccrocher au comptoir. Mon Dieu, non... ce n'est pas possible...

Larry semblait inquiet.

– Cécilia? Qu'est-ce qui t'arrive? Je croyais que tu voulais savoir où il était.

– Où il était? Oui... oui, bien sûr. Oh! Larry, excuse-moi. Je te remercie. Mais pendant un instant j'ai cru que...

– Tu as cru qu'il était mort?

Cécilia acquiesça d'un signe de tête.

– Si j'avais encore des doutes, je n'en ai plus. Il suffit de te regarder pour voir que tu l'aimes vraiment. (Il lui tapota l'épaule d'un geste affectueux.) J'espère qu'il va bien. Je l'espère sincèrement.

– Merci, Larry. Pourquoi fais-tu tout ça?

Il eut un petit sourire gêné.

– J'ai cru que tu me reviendrais. Mais j'ai fini par comprendre qu'il n'en était rien. J'ai eu du mal à m'y faire. Mais je t'aime assez pour souhaiter que tu sois heureuse. Voilà, c'est tout.

Larry parti, Cécilia resta un long moment assise, une main sur le téléphone. Elle n'avait pas le courage d'appeler et d'affronter la vérité. Elle avait peur de ce qu'elle allait apprendre. Mais il fallait absolument qu'elle sache. D'une main tremblante, elle composa le numéro de San Francisco.

– Clinique *Daydecker*...

– Pouvez-vous me dire si vous avez, ou si vous avez eu chez vous quelqu'un du nom de Trevor Barrone?

Cécilia s'efforçait de parler d'une voix calme. La réponse vint, nette et précise :

– Chambre 328. Je vous le passe?

Pour Cécilia c'était à la fois le soulagement et l'affolement. Il était vivant! Vivant! Non, elle ne pouvait pas lui parler maintenant. Pas avant d'avoir repris ses esprits et mis un peu d'ordre dans ses idées.

– Merci... Non, je... je viendrai le voir, répondit-elle.

Elle raccrocha brusquement. Elle ne pouvait s'empêcher de trembler. S'il était encore à l'hôpital, son état devait être sérieux. Il fallait à tout prix savoir...

Elle partit le lendemain matin de très bonne heure. Tout s'était passé si vite, qu'elle n'avait pas encore retrouvé ses esprits. Elle essayait d'imaginer la réaction de Trev, lorsqu'il la verrait. Pourquoi ne l'avait-il pas tenue au courant? Stella était-elle auprès de lui?

Elle arriva à la clinique dans l'après-midi. A la réception, on lui donna un laissez-passer. Elle prit l'ascenseur jusqu'au troisième et suivit les flèches.

La porte était ouverte. Il était dans une chambre particulière. Allongé dans son lit, il feuilletait un magazine avec l'air concentré qui lui était familier. Cécilia était terriblement émue. Elle aurait voulu se précipiter vers lui, mais elle resta sur le seuil comme paralysée. Il avait toujours le même visage mince, aux traits anguleux, la cicatrice qui zébrait sa joue et la mèche qui lui tombait sur le front. Mais il était pâle. Tout son hâle avait disparu et il avait les yeux creusés.

Tout à coup, il aperçut Cécilia. Le premier

choc passé, il prit une expression de prudente méfiance.

– Pourquoi ne m'avez-vous rien dit? demanda Cécilia. Comment se fait-il que je n'aie rien su?

– Tout simplement parce que je ne tenais pas à ce que vous le sachiez, répondit-il. (Il plissa les paupières.) Qui vous a dit que j'étais ici?

– C'est Larry qui a joué le détective.

– Naturellement! Ce bon vieux Larry!

Cécilia voulut avancer, mais il eut un regard si peu encourageant qu'elle s'arrêta.

– Je ne comprends toujours pas. Que vous est-il arrivé?

– Quelque chose m'avait paru bizarre dans la manière dont vous êtes partie juste après les funérailles. Je suis monté dans votre chambre et j'ai trouvé les bagues sur la commode. J'ai tout de suite compris que vous n'aviez pas l'intention de revenir. J'ai essayé de vous rattraper mais vous aviez déjà démarré. J'ai couru après vous, pensant que j'avais encore une chance de vous arrêter...

Il s'interrompit, comme si ces explications lui demandaient un grand effort. Cécilia, saisie d'une angoisse grandissante, ne le quittait pas des yeux. Elle voyait ses mâchoires se crisper, et la cicatrice qui lui barrait la joue devenir blanche.

Il reprit d'une voix sourde :

– Un séquoia s'est abattu dans la tempête. En tombant, une de ses branches m'a atteint dans le dos. (Il fut pris d'un rire forcé.) Avoir fait des centaines de kilomètres à travers la jungle pour finir sous un arbre de mon jardin, c'est à mourir de rire, vous ne trouvez pas?

Cette voix qu'elle avait entendue! C'était celle de Trev, blessé, coincé sous l'arbre... Et elle était partie, l'abandonnant sans secours!

L'air grave, Trev ajouta :

– Je ne devrais pas me plaindre! Un pas de plus, et je n'aurais pas été là pour vous raconter tout ça.

Cécilia était blême.

– Je suis désolée, murmura-t-elle, bourrelée de remords. Je ne savais pas.

Il haussa les épaules.

– Heureusement que Stella était là... C'est une infirmière remarquable, comme vous avez pu le constater. Elle m'a soigné en attendant l'ambulance. Comme le chemin était bloqué, il a fallu me transporter sur une civière.

Stella! Cécilia avait été si bouleversée qu'elle en avait oublié la belle infirmière. Pas étonnant qu'il la préfère à moi! songea-t-elle amèrement. Ce n'est pas elle qui serait partie juste au moment où il avait besoin d'aide. Elle manqua en défaillir de honte, et dut se raccrocher à la barre du lit.

– Ce n'est pas très gentil de ne pas m'avoir prévenue, reprit-elle d'une voix faible. J'avais le droit de savoir.

– Pourquoi? répliqua-t-il sèchement. Pour que vous vous précipitiez à mon chevet? Vous adorez les tantes malades, les grand-mères, et même les pauvres mouettes. Vous êtes toujours victime de votre bon cœur. Ce n'est pas ce que j'attends de ma femme!

– Et... et qu'attendez-vous d'elle?

Sa voix tremblait. Peu importait quoi, elle ne demandait qu'à le lui donner...

Mais il se tut. Tourné vers la fenêtre il contemplait d'un air vague un coin de ciel bleu traversé par la traînée blanche d'un avion à réaction.

Cécilia examina la chambre : des murs beiges, un poste de télévision, un lit simple et fonctionnel. Aucune fleur, aucune touche personnelle, à part une robe de chambre de soie bleue.

– Avez-vous déjà vendu la maison? finit-elle par demander.

– Non, répondit-il simplement. Elle est fermée pour le moment. Je n'ai encore rien décidé.

– Et Stella? Elle est ici? hasarda Cécilia, l'air gêné.

– Non.

La réponse était nette, mais elle désirait en savoir plus.

– Voulez-vous dire qu'elle est absente pour l'instant? Ou bien...

– D'après ce que j'ai compris, elle a trouvé une place auprès d'un riche éleveur de l'Arizona. Comme ma grand-mère est morte, je n'avais plus besoin d'elle.

Il parlait d'un ton froid et hautain en regardant toujours du côté de la fenêtre.

– J'avais l'impression que les talents de Stella n'étaient pas limités à ceux d'infirmière, répliqua Cécilia.

Trev tourna brusquement la tête vers elle :

– Voulez-vous insinuer qu'il y aurait eu quelque chose entre elle et moi quand elle s'occupait de ma grand-mère?

– Je ne suis pas aveugle. J'ai bien vu ce qui se passait...

– Vraiment! rétorqua-t-il, sarcastique. Et qu'avez-vous vu exactement?

Cécilia hésita.

– Vous ne parliez qu'à elle, vous ne faisiez attention qu'à elle et elle se conduisait comme si vous lui apparteniez.

– C'est vrai, répondit-il, l'air sévère. Et s'il y a une chose que je ne supporte pas, ce sont les femmes exclusives, possessives et qui bâtissent dans leur tête tout un monde d'idées fausses.

Cécilia hésita. Voulait-il parler d'elle ou de Stella ?

– Que... que voulez-vous dire ? bégaya-t-elle.

Il se redressa en tirant l'oreiller dans son dos d'un geste maladroit.

– J'ai engagé Stella pour ses qualités d'infirmière, et pour que ma grand-mère ait les meilleurs soins possibles. Stella s'est trompée sur mes intentions. J'ai eu beaucoup de mal à lui faire entendre raison. Quoi qu'il en soit, il ne s'est rien passé entre nous, absolument rien.

Il hésita un instant puis, lentement, ajouta :

– Autrefois, je ne dis pas. Mais il y a très longtemps de cela, et cela n'a jamais été sérieux.

– Si Stella s'est fait des idées, ce n'est vraiment pas de sa faute, fit remarquer Cécilia, acerbe. Moi-même, je m'y suis laissé prendre.

Trev prit un air renfrogné et se mit à rouler et dérouler son magazine.

– Elle n'avait peut-être pas entièrement tort, finit-il par admettre. J'essayais de vous rendre jalouse.

Cécilia le regarda, les yeux agrandis par la surprise.

– J'avoue que ce n'était pas très joli, mais avec vos airs distants de duchesse...

– Et vous lui avez fait la cour, sous mon nez, uniquement pour le plaisir de me voir souffrir?

Cécilia, furieuse, alla se planter devant la fenêtre.

– Si je vous ai fait souffrir vous le cachiez bien, lança-t-il sèchement. Et je ne vois pas pourquoi vous jouez les saintes nitouches : que faisiez-vous, pendant ce temps-là, derrière mon dos, avec votre « ami » Larry?

– Que voulez-vous dire? s'écria Cécilia, folle de rage à l'idée qu'il pouvait la soupçonner. Comment osez-vous? D'ailleurs, si je suis ici aujourd'hui, c'est bien grâce à Larry.

– Vous n'auriez pas dû venir, fit Trev d'un ton las.

Il s'interrompit. Une infirmière s'était arrêtée devant la porte, un plateau de médicaments dans les bras. Elle regarda le numéro de la chambre, et repartit comme elle était venue.

– Je n'ai pas besoin de pitié. Je ne veux pas qu'on se croie obligé de s'occuper de moi sous prétexte que je suis cloué au lit.

A ces mots Cécilia retint son souffle. Depuis qu'elle était arrivée, ils discutaient, s'accusaient, se querellaient, et elle ne savait même pas si Trev était gravement blessé ou non.

– Vous ne... vous ne pouvez pas bouger? bégaya-t-elle.

– Qu'est-ce que vous croyez? Que je me repose entre deux promenades? ou que je me livre à mon sport favori, la chasse aux infirmières?

Elle contemplait la maigre silhouette étendue entre les draps. Pouvait-il marcher? Etait-il vraiment estropié? Elle le regarda dans les yeux.

– Vous pouvez vous moquer de moi. Cela n'a aucune importance. Je vous aime, répondit-elle simplement.

Il la regarda sans manifester la moindre émotion.

– Vous voyez? Vous recommencez! Vous ne m'aimez pas. Vous avez pitié de moi. Voilà pourquoi je ne vous ai pas dit où j'étais. Je ne veux pas d'une femme qui prétend m'aimer parce qu'elle a pitié de moi.

– Vous ne comprenez pas...

– Si j'avais été en pleine forme, vous seriez-vous précipitée pour venir me voir? (Il ne lui laissa même pas le temps de répondre.) Sûrement pas. Ce qui vous a poussée à venir, c'est exactement ce qui vous a poussée à sauver cette imbécile de mouette. Vous êtes ainsi faite, vous n'y pouvez rien.

Cécilia était désemparée. Elle sentait son courage l'abandonner. Par la fenêtre, elle regardait sans la voir la ville étendue à ses pieds. Après tout, il n'avait pas absolument tort. Elle ne serait probablement pas venue le retrouver ailleurs qu'à l'hôpital. Et pourtant, tout cela ne changeait rien à la profondeur de son amour. Malade ou bien portant, fort ou sans défense, elle l'aimait. Même si Trev s'imaginait qu'elle était venue le lui dire, poussée seulement par son sens aigu du devoir.

– Ce n'est pas juste, protesta-t-elle, désespérée. Même si vous êtes incapable de marcher, j'ai encore le droit de choisir, il me semble. Je vous aime. Que vous puissiez marcher ou non.

– Vous voyez bien! reprit-il avec mépris. Voilà que vous recommencez.

Tout à coup, le découragement qui s'était

emparé de Cécilia fit place à la colère. Comment osait-il l'accuser, elle, et l'obliger à se défendre? N'était-ce pas plutôt à lui, qui l'avait froidement repoussée, d'expliquer sa conduite monstrueuse? Elle était là, elle lui criait son amour et pour quoi faire? Pour flatter sa prodigieuse vanité, un point c'est tout. De toute façon cela ne changeait rien, puisque lui ne l'aimait pas!

Elle se redressa de toute sa taille :

– Vous êtes-vous occupé du divorce?

– Non. J'ai été un peu trop... comment dire... occupé, comme vous l'avez peut-être remarqué, lança-t-il d'un ton sardonique.

– Voulez-vous que je fasse les démarches à votre place?

Il haussa les épaules.

– Comme vous voudrez. Cela nous fera sûrement gagner du temps.

Cécilia sentit sa gorge se serrer. Elle s'efforça de paraître indifférente.

– Très bien, parvint-elle à répondre. Je vais probablement avoir besoin du contrat de mariage.

Il fronça les sourcils.

– Je l'ai déchiré.

Cécilia sursauta.

– Vous l'avez déchiré? Pourquoi?

Il hésita, et finit par dire faiblement :

– Une idée qui m'est passée par la tête.

– Une idée? Quel genre d'idée?

Il se tourna à nouveau vers la fenêtre.

– L'idée que nous pourrions peut-être finir par nous entendre. Mais j'ai compris que je m'étais trompé quand vous vous êtes sauvée aussitôt après l'enterrement. Vous brûliez d'impatience de retrouver votre liberté.

A nouveau Cécilia se sentit défaillir. Tout se mit à tourner autour d'elle.

– Mais ce n'est pas vrai, protesta-t-elle. Si je suis partie, c'est à cause de... Stella et vous... Je n'aurais pas pu le supporter. Pourquoi ne m'avez-vous jamais rien dit?

– J'ai voulu vous parler. Mais, apparemment, vous aviez bien autre chose en tête. Juste au moment où vous partiez.

– Pourquoi n'avez-vous pas cherché à me joindre ensuite?

– Je vous avais déjà contrainte à m'épouser. Vous auriez voulu que je vous contraigne en plus à passer votre vie au chevet d'un infirme?

– Mais je vous aimais. Et je vous aime encore. (Elle secouait la tête, découragée.) Je n'arrive pas à comprendre votre attitude.

– Vous ne m'aimez pas. Vous avez simplement pitié de moi.

– Je me suis même jetée à votre tête. C'est vous qui m'avez repoussée!

Elle eut honte de lui avoir fait cet aveu et détourna la tête.

– Et vous, vous m'avez repoussé le soir de notre mariage.

– Mais cela n'a rien à voir! s'écria Cécilia. Vous ne m'aimiez pas, vous n'éprouviez pour moi que du désir. Vous cherchiez simplement à profiter de notre mariage.

– De la même façon que vous, lui fit-il remarquer sèchement. Est-ce que ce ne sont pas les mêmes mots que vous avez employés?

C'était bien ce qu'elle avait dit, en effet. Mais ce n'était pas du tout ce qu'elle pensait...

– Je peux bien vous l'avouer maintenant, reprit Trev lentement. J'avais deux raisons de vous épouser. La première, c'était ma grand-mère, qui allait bientôt mourir. Et la seconde c'était vous. Parce que je vous désirais.

Il hésita avant de reprendre, d'une voix où perçait l'étonnement :

– Mais il y avait encore autre chose. Quelque chose que je ne comprenais pas parce que je le ressentais pour la première fois. Cela a commencé quand je vous ai rencontrée sur la plage en train de sauver cette malheureuse mouette. Et puis un jour je vous ai raccompagnée et j'ai vu Larry qui vous attendait là comme chez lui. Je suis repassé et il était toujours là. Cela m'a fait un choc. Je n'avais encore jamais éprouvé cela pour une femme.

Cécilia l'écoutait en ouvrant de grands yeux. Elle n'arrivait pas à croire ce qu'elle entendait.

– Mais si tout cela est vrai, pourquoi m'avez-vous repoussée? lui demanda-t-elle, frappée d'étonnement.

Sous le coup de cet affreux souvenir et de son humiliation, elle reprit dans un murmure :

– J'ai eu l'impression que je vous dégoûtais, que je vous faisais horreur.

Il secoua la tête.

– Non, fit-il simplement. Je vous ai toujours désirée plus que n'importe quoi ou n'importe qui au monde.

– Vous avez choisi une curieuse façon de me le démontrer, répliqua-t-elle, amère.

– C'est possible, admit-il d'une voix sourde. Mais c'est que ce soir-là, pour la première fois, ce désir que j'éprouvais pour vous n'était pas purement physique. Et je refusais également d'accepter de votre part un désir purement physique. Je voulais que vous m'aimiez.

Cécilia était stupéfaite :

– Vous me regardiez avec un tel mépris!

– Je n'avais de mépris que pour moi-même, rétorqua-t-il brusquement. Quand je vous ai entendue dire : « Autant que ce mariage serve à quelque chose », j'ai eu l'impression de m'entendre. J'ai compris à quel point ces mots étaient dépourvus d'âme, vides de sens. Je ne voulais plus que votre amour. Mais après tout ce que j'avais fait pour gâcher les choses...

Cécilia secoua la tête :

– Vous m'avez humiliée. Cruellement. Mais je vous aimais tellement que j'étais prête à tout accepter. (Elle hésita, puis ajouta d'une voix douce :) Et je le suis encore.

– Vous êtes prête à tout accepter?

Maintenant qu'elle comprenait la réaction qu'il avait eue ce soir-là, elle se reprenait à espérer.

– Oui, puisque je vous aime. (Elle hésita.) Et vous dites... vous avez l'air de dire que je ne vous suis pas indifférente?

– Je vous aime, répondit-il.

Ce qui aurait dû être un cri du cœur avait été prononcé avec froideur, presque avec colère. Il restait impassible, le visage fermé.

– Vous n'auriez jamais dû venir, ajouta-t-il.

– Mais je ne comprends pas! s'écria Cécilia, en proie à une vive émotion. Je vous aime. Vous dites que vous m'aimez. Quel est le sens de tout ça?

– Je voulais attendre d'être rétabli. Alors je serais revenu vers vous pour vous dire que je vous aimais. Peut-être alors aurions-nous pu tout recommencer. Mais je connaissais d'avance la réaction que vous auriez en me voyant dans cet état. Je savais que vous auriez pitié de moi comme d'une mouette en difficulté.

Cécilia le dévisagea, déçue et irritée à la fois par tant d'obstination. Il fallait toujours qu'il dresse entre eux une barrière infranchissable.

– Parfaitement! J'ai pitié de vous! lui lança-t-elle, la voix vibrante de colère. J'ai pitié de vous, parce que vous êtes têtu comme une mule! Parce que vous ne comprenez pas que mes sentiments pour vous n'ont rien à voir avec mon sens du devoir! Parce que vous êtes ce que votre grand-mère appelait tout simplement une tête de cochon!

Trev serra les lèvres. Un éclair de colère brilla dans ses yeux bleus.

– Est-ce là un échantillon des mots tendres que vous réservez à ceux que vous aimez?

– Si vous voulez vous débarrasser de moi, c'est à *vous* de demander le divorce! déclara Cécilia d'un ton ferme. Moi aussi je sais être têtue. Et comme vous êtes cloué au lit, vous êtes encore marié pour un moment.

Elle croisa les bras, l'air buté. Vaguement inquiète, elle le vit qui saisissait sa robe de chambre. Il la passa autour de ses épaules et noua la ceinture. Puis il rabattit les couvertures et s'assit au bord du lit, jambes pendantes.

– Mais que faites-vous? s'écria Cécilia.

Elle se précipita pour l'aider :

– Attention!

– Laissez-moi tranquille!

Il la repoussa d'un geste et se mit debout sur ses jambes. Il fit quelques pas, s'arrêta au pied du lit, jeta à Cécilia un regard de défi et continua jusqu'à la fenêtre.

– Vous voyez! Je ne suis pas tout à fait impotent. J'ai bien cru que j'allais rester paralysé, mais l'opération a réussi. Maintenant je fais de la rééducation. Je boiterai peut-être un peu, mais c'est tout. Je vais sortir d'ici la semaine prochaine. Comme vous pouvez le constater vous êtes libre. Je n'ai besoin de personne pour s'occuper de moi. Allez! Partez! Rentrez chez vous! Vous m'entendez?

Frappée de stupeur, Cécilia restait là, sans bouger. Malgré sa tenue d'hôpital et sa pâleur, il n'avait rien perdu de son air rude et viril. Ni de cette mâle puissance qui touchait au plus profond de Cécilia quelque chose de très primitif. Sous la cicatrice qui lui barrait la joue, un muscle tremblait.

– Je vous aime, fit-elle, à bout de forces. Vous êtes insupportable, vous êtes exaspérant, mais je vous aime.

Trev la regardait avec une étrange expression.

– Allez-vous répéter encore que vous ne dites pas ça parce que...

Il ne finit pas sa phrase. Il fit un pas vers elle, puis un autre. Elle aurait voulu se jeter dans ses bras, se serrer contre lui. Mais elle s'obligea à attendre, immobile. Il avançait, prenant de plus en plus de force et d'assurance.

Enfin il l'enlaça et déposa sur ses lèvres un baiser qui lui fit tout oublier. Elle était tout entière abandonnée à ces émotions que lui seul était capable d'éveiller en elle.

Trev la regarda profondément dans les yeux.

– Je n'ai pas besoin de toi pour me soigner,

dit-il d'une voix presque féroce. Mais j'ai besoin de ton amour. Je le veux pour toujours. Et cette fois... (Sa voix était devenue grave, et son regard plus intense.) Cette fois, je te promets que nous aurons une vraie nuit de noces!

1

ANNE HAMPSON

Prisonnière dans l'île

Voilà qu'après sept ans
ils se retrouvent sur une petite île
grecque, à Comaris, et
elle ne le reconnaît pas.

– Carl..., finit-elle par murmurer
d'une voix altérée.
Il ne paraît pas l'entendre.
Comme un homme revenu de l'enfer,
il porte les cicatrices de terribles
souffrances. Sarah frissonne, envahie
d'une peur indéfinissable.

Décidé maintenant à se venger,
il la retient prisonnière
sur cette île dont il est le maître,
cruel le jour, exigeant la nuit...

Sarah veut s'enfuir. Elle ne veut pas
lui donner le fils qu'il attend d'elle.
Pourtant elle s'est surprise
à attendre les caresses de ce mari
qu'elle déteste...

Duo

2

BROOKE HASTINGS

Le feu du désert

Dans le désert torride de l'Arizona,
Jenny roule vers la liberté,
quand son mauvais caractère l'amène
à deux doigts de provoquer un accident.

Furieux, le routier la poursuit
jusqu'au prochain motel où
il lui inflige une punition cuisante.

Jenny a beau être en colère,
Nick Butler est quand même l'homme
le plus séduisant qu'elle ait jamais
rencontré. Elle s'enfuit à l'aube,
décidée à le semer, déçue de ne plus
l'apercevoir...

Mais Nick l'attend au terme
du voyage. S'il brûle du désir
de la posséder, son cœur reste froid,
tandis que celui de Jenny a pris feu...

4

FERN MICHAELS

Le lasso d'or

Lorsque Janice a hérité
du ranch Arroyo, elle a bien cru
que c'était la fin de tous ses ennuis.
Mais elle a compté sans la volonté
de possession de Derek Bannon...

– Tout n'est pas à vendre,
monsieur Bannon! Pas plus moi
que le ranch Arroyo.

Derek Bannon se penche par-dessus
le bureau. Doucement, il lui prend
le visage et l'attire vers lui.
– Tout est à vendre si on y met
le prix, dit-il d'une voix impassible.

Le beau rêve de Janice va-t-il
tourner au cauchemar?

Duo

A paraître

Octobre

5 ANNE HAMPSON **Le carnaval des cœurs**
6 DIXIE BROWNING **La Cendrillon des mers**
7 DOROTHY VERNON **L'éveil du cœur**
8 JOANNA SCOTT **La rose obscure**

Novembre

9 PATTI BECKMAN **Le vagabond milliardaire**
10 DONNA VITEK **Sortilèges à Capri**
11 BROOKE HASTINGS **L'amour à vendre**
12 TESS OLIVER **Au jardin de mon cœur**

Décembre

13 ANNE HAMPSON **Heureuse victime**
14 LINDA WISDOM **Danser dans l'ombre**
15 SONDRA STANFORD **Tendre Julie**
16 LETITIA HEALY **Orage d'été**

Achevé d'imprimer
sur les presses de l'imprimerie Brodard et Taupin
7, Bd Romain-Rolland, Montrouge.
Usine de La Flèche,
le 23 juillet 1981
1857-5 Dépôt Légal 3e trimestre 1981
ISBN : 2 - 277 - 80003 - 1
Imprimé en France

Duo

31, rue de Tournon, 75006 Paris

diffusion
France et étranger : Flammarion, Paris
Suisse : Office du Livre, Fribourg
Canada : Flammarion Ltée, Montréal